Can I still be your heroine
even though I'm yo
teache
2
君の先生でもヒロインになれますか？
羽場楽人 ill 塩こうじ

「バカ、ひっつくな！　離れろ！」
錦　輝夜
にしき　かぐや
「悠くん照れているのぉ？　可愛い〜〜」
錦　悠凪
にしき　ゆうなぎ

「あら、悠凪くん。
お部屋で女の子とイチャついていて楽しそうね」
天条 レイユ
てんじょう レイユ

「誰か来た!?」

「!? 隠れて!」

天条先生は俺をマットの上に押し倒す。

その拍子に折り重なるように倒れてしまう。

息をひそめ、気配を殺し、身動きをとれないまま固まる。

彼女が近かった。

俺の上に覆いかぶさるようにして、天条先生の顔がすぐ目の前にある。

その大きな瞳に俺の顔が映りこむ。

息遣いさえ聞こえるほどの距離で何度見ても、天条レイユは美しい。

「ねぇ、レイちゃんは好きな人いる？」
「いるよ」

「どんな人？」
「秘密なの。そういう協定だから」
「そうなんだ。いつか教えてね」

CONTENTS

Can I still be your heroine,even though I'm your teacher?

君の先生でもヒロインになれますか？
Can I still be your heroine, even though I'm your teacher?
2
羽場楽人
ILL. 塩こうじ

プロローグ　遠ざけた過去

「悠凪《ゆうなぎ》くん、助けてくれてありがとう」

ベッドの中から死にそうな声でこの部屋の主、天条《てんじょう》レイユが答える。

「一晩中ひっついていれば風邪《かぜ》もうつりますよね。おかげで俺の風邪《かぜ》は治りましたけど」

俺こと錦悠凪《にしきゆうなぎ》は、お隣《となり》の部屋に住む女性の看病をしていた。

ベッドの中で赤い顔をしている美女・天条《てんじょう》レイユ。

彼女は俺の暮らすアパートのお隣《となり》さんであり、俺が通っている輝陽《きよう》高校の教師だ。おまけに俺のクラスの担任でもあった。

彼女のおすそわけをきっかけに、俺たちは隣人同士《りんじんどうし》であることが発覚。

先生と生徒が壁《かべ》一枚隔《へだ》てて暮らすなんて色々とリスクや不都合も多い。だが、学校では元気な印象が強かった天条《てんじょう》先生も、仕事で忙《いそが》しくて私生活はボロボロだった。そんな彼女を放っておけず、俺はお隣同士《となりどうし》で協力し合うことを提案する。

隣人協定《りんじんきょうてい》というルールを結びながら、秘密を守りつつお互《たが》いの生活を支え合う日々を送っていた。

たとえば平日朝晩の食事は俺が作っている。

逆に俺が風邪《かぜ》を引いてダウンしていた時は、天条《てんじょう》さんがわざわざ看病に来てくれた。

その結果、俺の風邪《かぜ》が彼女にうつってしまった。

「ただの事故！　不幸な偶然《ぐうぜん》！　寝《ね》ぼけていたことによる不可抗力《ふかこうりょく》！」

高熱でしんどいのに、彼女は必死に弁明する。

「自分から男の寝床《ねどこ》に入ってくるなんて、どうなっても文句は言えませんよ」

「うぅ、そこはその……」

天条《てんじょう》さんは自分に原因があるため強く出られない。

この人は寝《ね》ぼけたままベッドの中に入りこめる特技、というか癖《くせ》がある。

たとえそれが俺の部屋のベッドだとしてもだ。

看病に来てくれた際も寝落《ねお》ちしてしまい夜中に風邪《かぜ》でダウンしていた俺のベッドに無意識のうちに入りこんでいた。狭《せま》いシングルベッド、ふたり並んで寝《ね》ながら朝を迎《むか》えた。

目が覚めた俺はその無防備さに笑ってしまい、後から千載一遇《せんざいいちぐう》の好機を逃《のが》した悔《くや》しさに悶《もだ》える羽目になった。

「俺が元気だったなら、次は我慢《がまん》できる自信ないです。たぶん襲《おそ》います」

彼女に釘《くぎ》を刺《さ》しつつ己《おのれ》の自制を促《うなが》す。

「――――おそうッ!?」

声をひっくり返して驚《おどろ》く天条《てんじょう》さんは、慌《あわ》てて掛布団《かけぶとん》を引き上げて顔の下を隠《かく》した。

「冗談《じょうだん》ですよ、たぶん」

「身の危険を感じる」

ジーっとこちらを見てくる。

年上のお姉さんとは思えない初心《うぶ》な反応があまりにもチャーミングで、俺は平静を装《よそお》いながらも愛《いと》おしさが募《つの》っていく。

俺はこの人がどうしようもなく好きだ。

「にしても、ゴールデンウィークに入るまで数日あったのによく耐《た》えましたね」

「そこはまぁ、大人の責任感よ」

「体調悪いなら遠慮《えんりょ》なく休める社会になってほしいです」

最初の数日はいつも通りだったが、やっとゴールデンウィークへ突入《とつにゅう》というタイミングで気が緩《ゆる》んだのだろう。アパートに帰ってきて俺の部屋で夕飯を食べる頃《ころ》にはみるみるうちに熱が上がって体調を崩した。

先生の職業意識の高さや責任感の強さがよくわかる一方、こうして平然とやせ我慢《がまん》をするのは俺としても心配だ。

天条《てんじょう》レイユという人は肝心《かんじん》なことだけは隠《かく》すのが上手《うま》い。

「……せっかくのゴールデンウィークにアタシの看病なんてさせちゃってごめんね」

天条《てんじょう》さんは隠《かく》していた顔を半分だけ出して、謝る。

この人は完璧《かんぺき》そうに見えて意外と隙《すき》が多い。そこが可愛《かわい》らしい。

特に今は風邪《かぜ》で弱っているせいで、いつも以上に年の差を感じさせなかった。

「予定なんてなかったので気にしないでください」

「え、実家に帰ったりしないの？　熱はもうピークを越《こ》えたし、アタシのことなら気にしなくていいよ」

「天条《てんじょう》さんの看病は楽しいので」

「そういうのはいいから！　久しぶりに親御《おやご》さんに顔を見せてあげた方が喜ぶと思うよ？」

「家族は旅行中なので、今帰っても誰《だれ》もいませんから」

「君は誘《さそ》われなかったの？」

「友達と予定があると言って断りました」

天条《てんじょう》さんは物言いたげな、渋《しぶ》い顔になる。険しい表情をつくってもチャーミングだ。

「さっき予定がないって言ったよね」

「言いましたね」

「親に嘘《うそ》をついたの？」

「あー先生は友達ではないですね」

「そういう問題じゃない」

「でも、結果オーライでしょう。俺がいなかったら孤独《こどく》に高熱で寝込《ねこ》んでいたかも。さぞや心細いですよぉ」

隣《となり》で苦しんでいる天条《てんじょう》さんを放っておいて出かけるなんて俺にはできない。

天条《てんじょう》さんも唇《くちびる》をへの字に曲げて、否定しきれないという様子だ。

「君は柔軟《じゅうなん》な物の考え方をするね」

精一杯《せいいっぱい》の嫌味《いやみ》は誉《ほ》め言葉と受け取っておこう。

「一番大事なのは天条《てんじょう》さんですから」

「さらっとそういうこと言うな！」

天条《てんじょう》さんは露骨《ろこつ》に照れていた。

「夕飯も食べて汗《あせ》をかきましたよね。お風呂《ふろ》に入るの手伝いましょうか？　あ、水着を隣《となり》から持ってこないといけないか」

「やらなくていい」

「自分は水着で風呂場《ふろば》に入ってきたじゃないですか」

俺が風邪《かぜ》を引いた時は、天条《てんじょう》さんが水着姿で入ってきて超焦《ちょうあせ》った。水泳部の顧問《こもん》もしており日々泳いでいるナイスバディを惜《お》しげもなく晒《さら》していた。大変美しくも扇情的《せんじょうてき》で俺の脳裏《のうり》にいまだ焼きついて消えることはない。

「あれは君が心配だっただけで……」

「俺、競泳水着フェチに目覚めそうになりましたよ」

「いいから忘れなさい！」

ベッドで寝《ね》た状態で叱《しか》られる。

「ちなみに風邪《かぜ》の特効薬があるんですけど使いません？」

「なに？」

「同じベッドでふたり一緒《いっしょ》に寝《ね》ることです。一晩くらい腕枕《うでまくら》しますよ」

「却下《きやっか》」

超真顔《ちょうまがお》で即答《そくとう》された。

「そういうところはしっかり大人ですよね、天条《てんじょう》さん」

「当たり前でしょう。実際大人なんだから」

「俺は治ったのに」

「悠凪《ゆうなぎ》く～ん」

天条《てんじょう》さんは睨《にら》んでくる。

「ふざけすぎました。他になにかしてほしいことありますか？」

俺も真面目な看病モードに戻《もど》る。

「あとは自分でやれるから大丈夫《だいじょうぶ》。おやすみ」

天条《てんじょう》さんは掛布団《かけぶとん》を被《かぶ》り直《なお》す。

俺も空になった食器をキッチンに引き上げ、手早く皿洗いを済ませていく。

こんな感じで生徒と先生、年下と年上、男と女、そんな近くて遠い関係を打ち寄せる波のように曖昧《あいまい》に変えながら錦《にしき》悠凪《ゆうなぎ》と天条《てんじょう》レイユのお隣同士《となりどうし》の日々は続いていた。

キッチンの脇《わき》に置いていたスマホに電話が着信する。

表示された名前は、錦《にしき》輝夜《かぐや》。

俺の義妹《いもうと》だった。

「……大人しく家族旅行を楽しんでおけよ」

俺は手に泡《あわ》がついているという言い訳をして、いつものように電話に出なかった。


錦《にしき》悠凪《ゆうなぎ》と天条《てんじょう》レイユの間で決めた隣人協定《りんじんきょうてい》は次の通りだ。

第一条、隣人同士《りんじんどうし》なのはふたりだけの秘密。

第二条、困った時はお互《たが》い様《さま》。遠慮《えんりょ》なく助けを求める。

第三条、平日の朝食と夕食は錦《にしき》悠凪《ゆうなぎ》が用意。食費は天条《てんじょう》レイユが多めに出す。

第四条、隣人協定《りんじんきょうてい》はどちらか一方の申し出で破棄《はき》ができる。

第五条、追加ルールが必要な場合は適宜《てきぎ》話し合いの上で決める。

第六条、卒業までお互《たが》いに恋人《こいびと》はつくらない。

ゴールデンウィークの最終日、天条《てんじょう》さんの体調はようやく回復した。

溜《た》まっていた疲《つか》れも一気に噴《ふ》き出《だ》したのだろう。高熱のピークはすぐに越《こ》えたものの微熱《びねつ》が結構長引いていた。

普段忙《ふだんいそが》しいのだから、のんびりベッドの上で過ごして、いい骨休めになったはずだ。これくらいしっかり休むのがちょうどいい。

夕方、先生から電話がかかってくる。

『復活! 看病ありがとう。また助けられたね』

「元気になってよかったです」

祝日だが治ったばかりなので隣人協定《りんじんきょうてい》の第二条を適用し、今日は俺の部屋で夕飯という話になった。

『せっかくだからピザでも頼《たの》もう』

「病《や》み上《あ》がりでピザなんて平気なんですか?」

『回復したからこそジャンクなものが恋《こい》しいんでしょう。なんか食べたいのある?』

「シーフード系のピザがあると嬉《うれ》しいです」

『オッケー、アタシの方で注文しちゃう。受け取ったらそっちの部屋で食べよう』

というわけで本日はピザと相成った。

ピザの到着《とうちゃく》を待つ間、俺はなにか簡単な付け合わせを作ろうとキッチンに立つ。

とりあえずサラダでも作っていると、玄関《げんかん》のチャイムが鳴る。

「あれ、ピザが届くには少し早いような」

天条《てんじょう》さんが指定した時間にはなっていない。

まぁ早めに届くこともあるだろうと、特にドアスコープも確認《かくにん》せずに鍵《かぎ》を開けた。

そこに立っていたのは少女だった。

艶《つや》のある長い髪《かみ》、夏を先取りしたように肩《かた》を露出《ろしゅつ》させ、スカートの丈《たけ》は挑発的《ちょうはってき》なほど短い。

身体《からだ》の線が出る薄手《うすで》の服装でギャルのような印象を抱《いだ》かせた。

俺は一瞬《いっしゅん》、誰《だれ》なのかわからなかった。

逆に彼女は親しげに片手を小さく上げて、天真爛漫《てんしんらんまん》なあっけらかんとした笑顔《えがお》を向けてくる。

「悠《ゆう》くん、久しぶり！　元気していた？」

俺は己《おのれ》のミスに一拍遅《いっぱくおく》れて気づく。

そして一度開けてしまった扉《とびら》を閉じることはできない。

「輝夜《かぐや》……」

俺が固まっているのをいいことに、彼女は待ちきれないとばかりに玄関《げんかん》へ入ってくる。

「どうしたの、わたしのこと忘れちゃった？」

忘れられるものなら、どれほど人生がシンプルになっただろう。

訪ねてきたのは錦輝夜《にしきかぐや》――俺の義理の妹だった。

俺が中三の時に母親の再婚《さいこん》によってできた、はじめての妹。

年の差はふたつなので輝夜《かぐや》はちょうど中三になった。最後に会った時よりも大人っぽくなったように思う。

遠ざけた過去がいきなり目の前に現れた。

「いきなりでびっくりしたぞ」

俺は感情を抑《おさ》えて、できるだけ冷静さを保つ。

「わたしもあっさりと開けてくれてびっくりした。はい、これ。家族旅行のお土産《みやげ》ね。しっかり味わって欠席した罪を噛《か》み締《し》めて」

輝夜《かぐや》はお土産《みやげ》の入った紙袋《かみぶくろ》を俺に押しつけて、そのまま部屋に上がろうとする。

「待て、勝手に入るな」

「せっかく持ってきたんだよ。お茶くらい出してくれてもいいでしょう」

さも当然とばかりに輝夜《かぐや》は靴《くつ》を脱《ぬ》いだ。

「お土産《みやげ》なんて頼《たの》んでないぞ」

「頼《たの》んでなくても気を遣《つか》って買ってくるのがお土産《みやげ》でしょう。家族の絆《きずな》を深めるイベントに堂々と欠席した悠《ゆう》くんはむしろ感謝してよ」

相変わらず一方的な言い分だ。

「行けないってちゃんと断っただろう」

「そこを日程調整するのが真の家族ってもの！　わたし、楽しみにしてたんだよ」

振《ふ》り返《かえ》る輝夜《かぐや》にじっと見られる。

「大事な用事があったんだよ」

「悠《ゆう》くん、わたしと違《ちが》って人付き合いがいい方じゃないでしょう？」

俺の適当な誤魔化《ごまか》しを、彼女はあっさり否定する。

「だからなんだよ」

「……もしかして彼女できた？」

「できていない」

「――みたいだね。悠《ゆう》くん、嘘《うそ》つくの下手だから浮気《うわき》とかできなそう」

なんで再会早々、義妹《いもうと》からそんな指摘《してき》を食らわねばならんのだ。

義妹《いもうと》の自己中な態度にイラつきながらも、俺は平静を保つ。

「俺の恋愛事情《れんあいじじょう》なんて、どうでもいいだろう」

「悠《ゆう》くんの方が先に恋人《こいびと》を作ってたらわたし、ショックだもの」

「謎《なぞ》の対抗意識《たいこういしき》を燃やすな。中坊《ちゅうぼう》め」

「あーまたそうやって子ども扱《あつか》いするぅ。対等にいこう。ねぇ」

彼女は猫《ねこ》のように俺の横にすり寄り、腕《うで》をとる。

「俺より年下なのはただの事実だ」

「年齢差《ねんれいさ》でマウントとるのはどうかと思うよ」

「口の利《き》き方を知らないと将来損をするぞ」

「わたしみたいなのは、砕《くだ》けたくらいが可愛《かわい》くてむしろ喜ばれるもん」

「俺は喜ばない」

輝夜《かぐや》は俺の都合などお構いなしに廊下《ろうか》を進んで俺の生活空間に入ろうとする。

「さぁてひとり暮らしをいいことに、ゴールデンウィーク中も爛《ただ》れた青春を送っていたりしていないか？　女の痕跡《こんせき》を探しちゃうぞ」

恋《こい》バナに興味津々《きょうみしんしん》な輝夜《かぐや》は鼻歌交じりだ。

「送るか！」

俺は彼女の腕《うで》を外して、正面に立ちはだかる。

お隣《となり》さんの看病しつつ、のんびり過ごしていた。ついでに夕飯も食べさせてよ」

「ねえ、ところでお腹空《なかす》いちゃった。ついでに夕飯も食べさせてよ」

輝夜《かぐや》は次々に自分の要求を気ままに告げてくる。

「ワガママ言うな」

「こんなに可愛《かわい》い妹が旅行から帰ってきて、その足で大好きなお兄ちゃんの家まで来たんだよ。あぁ、なんて兄想《あにおも》いの妹。健気《けなげ》、思わず大歓迎《だいかんげい》したくならない？」

「むしろ直帰して旅の疲《つか》れを癒《いや》せよ。明日からまた学校だろう。なんで来た？」

「そっちこそわたしを部屋に入れたくない理由でもあるの？」

「部屋が汚《きたな》いんだ」

「はい、ダウト！　悠《ゆう》くん、マメだから絶対最低限の掃除《そうじ》はしている。お邪魔《じゃま》しまーす」と俺を押しのけて、脇《わき》からすり抜《ぬ》けていく。

クソ、自分の生活態度を把握《はあく》されていると厄介《やっかい》だな。

「ふーん。女の着替《きが》えはなさそうね」

輝夜《かぐや》はいきなりクローゼットを開けて、中身をチェックしていた。

「おい、無断で部屋を漁《あさ》るな」

「悠《ゆう》くんの生活を見てきてってお義母《かあ》さんからも頼《たの》まれているの。それともやましいものでも隠《かく》している？」

「この部屋の主は俺だ。好き勝手するな」

「まぁまぁ固いこと言わないでさ」

別に見られて困るような物はないから諦《あきら》めて好きにさせて、俺はベッドの端《はし》に座る。

どれだけ注意したところで輝夜《かぐや》が俺の言うことを聞く気配はない。

結局、兄である俺が我慢《がまん》するしかないのである。

いつだってこうだ。

「面白《おもしろ》いものは特にないなぁ」とひとしきりチェックして満足したのか、輝夜《かぐや》はそのまま当然のように俺の横に座る。

「わざわざ真ん中のスペース空けているのに、なんで隣《となり》に来るんだよ」

俺は胡乱《うろん》な眼差《まなざ》しを送る。

「遠いと話しづらいじゃん？　ねぇ」

悪びれた様子もなく、小悪魔的《こあくまてき》な笑《え》みを浮《う》かべる。

「おまえが近づくとロクなことにならなそうだからだよ」

「義妹《いもうと》相手に警戒《けいかい》しすぎ」

「なら義妹《いもうと》らしい適切な態度や行動をしてくれ。仮にも男の部屋に上がりこんでマイペースすぎるだろう」

「家ではよく悠《ゆう》くんの部屋に遊びに行っていたよ」

「俺が嫌がると騒《さわ》ぐからだろう」

「最後はわたしに合わせてくれるから悠《ゆう》くん好き」

義妹《いもうと》はあざといくらいに、好意をまき散らす。その甘い毒は恋愛《れんあい》に免疫《めんえき》のない人なら一発で勘違《かんちが》いしてしまいそうな質《たち》の悪いものだった。

「ねぇねぇ、なんで旅行に来なかったの？」

「高校生にもなって家族仲良く旅行なんて恥《は》ずかしいだろう」

「嘘《うそ》。絶対そんな風に思っていない」

俺の演技をあっさりと見抜《みぬ》いた。

「……、母さんとお義父《とう》さんは元気か？」

答える代わりに、俺が質問をする。

「変わりないよ。ふたりとも仲良くしている。わたしもお義母《かあ》さんと上手《うま》くやれている」

義妹《いもうと》の報告にひとまず安堵《あんど》する。

「土産《みやげ》もありがとうな」

俺が一応の礼を述べると、輝夜《かぐや》はにんまりとした表情を浮《う》かべた。

「どういたしまして。せいぜい感謝して食べてね！」

輝夜《かぐや》は俺の首にいきなり抱《だ》きついてきた。

「バカ、ひっつくな！　離《はな》れろ！」

「悠《ゆう》くん照れているのぉ？　可愛《かわい》い〜〜」

「気楽にベタベタしやがって！　少しは慎《つつし》みを覚えろ！　近すぎるんだよ」

「わたしのこと、嫌《きら》いなの？」

俺の身体《からだ》にしなだれかかって耳元で囁《ささや》いてくる。

「嫌《きら》いになれたら楽だったんだけどなぁ〜〜」

俺はチラリと輝夜《かぐや》を見て、虚《むな》しい独り言のようにぼやく。

「どういう意味よぉ」

輝夜《かぐや》は唇《くちびる》を尖《とが》らせる。

「おまえは距離感《きょりかん》の取り方がバグっている。節度を持て」

「悠《ゆう》くんが好きだから問題なし」

「大アリだよ」

ガサ、と床《ゆか》に物が落ちる音がした。

見ればピザの入った箱だった。どうやら輝夜《かぐや》と騒《さわ》いでいる間にピザの配達は完了《かんりょう》していたらしい。それを受け取った人が俺の部屋まで持ってきてくれた。

顔を上げると、天条《てんじょう》さんがそこに立っていた。

「あら、悠凪《ゆうなぎ》くん。お部屋で女の子とイチャついていて楽しそうね」

時が止まったように俺は凍《こお》りつく。

呼吸も忘れて、身動きがとれなくなってしまう。

天条《てんじょう》さんはお手本のような最上級の笑顔《えがお》を浮《う》かべていた。だが騙《だま》されてはいけない。彼女は静かに滅茶苦茶《めちゃくちゃ》キレているとわかった。

俺と天条《てんじょう》さんは付き合っていない。

付き合っていないけど、絶対に浮気《うわき》をしたと勘違《かんちが》いされている。

冷たい汗《あせ》が背中をつたう。

「あのお姉さん、誰《だれ》？　まさか悠《ゆう》くん、ほんとうに爛《ただ》れた生活していたの？」

輝夜《かぐや》は天条《てんじょう》さんの発する殺伐《さつばつ》とした空気に気づかず、俺にひっついたまま無邪気《むじゃき》に質問してくる。

「やっぱり永遠の愛なんて幻《まぼろし》にすぎないのね」

天条《てんじょう》さんは世をはかなむようにポツリと呟《つぶや》く。

いきなり表情がゼロになり、その瞳《ひとみ》には虚無《きよむ》が渦巻《うずま》く。

怒《いか》り叫《さけ》ぶどころか、感情が一瞬《いっしゅん》で冷却《れいきゃく》されたみたいに無反応。

そりゃ天条《てんじょう》レイユのトラウマを抉《えぐ》るような光景を見せてしまえば、あんな絶望した風にもなるだろう。

そのままピザを捨て置いて部屋から幽霊《ゆうれい》のように黙《だま》って出ていこうとする。

この人、パニックになるとすぐに逃《に》げ出《だ》そうとするなッ！

だが不本意な誤解をされたまま俺たちの隣人関係《りんじんかんけい》が終わってたまるか。

去りゆく背中に向かっては、俺は全力で叫《さけ》ぶ。

「この子は俺の義妹《いもうと》ですッ!!!!」

第一章　初恋《はつこい》の相手が兄だった

天条《てんじょう》さんを引き留めて、改めて事情を説明させてもらう。

テーブルを挟《はさ》んで、俺と輝夜《かぐや》は正座で座る。

プチ修羅場《しゅらば》な雰囲気《ふんいき》が部屋を満たす。

天条《てんじょう》さんの表情は固く、腕《うで》を前で組んでいた。

「悠《ゆう》くん、足痛いんだけど崩《くず》していい？」

「いいから動くなッ」

「せっかくのピザ冷めちゃうよ？」

「それより自己紹介《じこしょうかい》。一刻も早く誤解を解けッ！　ナウ！」

輝夜《かぐや》はぶぅ〜と顔をしかめるも、すぐに切《き》り替《か》えて天条《てんじょう》さんを見上げる。

「ハジメマシテ、悠《ゆう》くんの元カノでーす！」

「この期《ご》に及《およ》んで大嘘《おおうそ》つくな！　今すぐ追い出すぞ！」

心臓に悪い発言に、俺もさすがにキレた。

あ、天条《てんじょう》さんの目が死んでる。

「冗談《じょうだん》だってば。怒《おこ》らないでよ。ねぇ」

輝夜《かぐや》は許しを乞《こ》うように俺のシャツの裾《すそ》を摑《つか》む。

「洒落《しゃれ》にならんのだよ。やり直し！」

「錦輝夜《にしきかぐや》です！　悠《ゆう》くんがお世話になってます」

天条《てんじょう》レイユの美貌《びぼう》に臆《おく》することなく軽いノリで挨拶《あいさつ》する我が妹。

その礼儀《れいぎ》を知らない堂々とした態度には恐《おそ》れ入《い》る。いや、単純にまだ幼いからなのか。

横で聞いていてヒヤヒヤする。

「義理の妹さん、なのよね？」

天条《てんじょう》さんはまだ疑いを解いてない。

「はい。法律上は妹です。元カノでも遊び相手でもありません」

俺はくどいほどに強調する。

「血が繋《つな》がっていないから似ていないのはわかっているけど……妙《みょう》に、近くない？」

幼児が抱《だ》きついてくるなら微笑《ほほえ》ましい光景になるだろうが、さすがに高二の兄に中三の妹だとちょっと絵面的《えづらてき》にキツイ。

「そこは俺も大変気を揉《も》んでいるところでして。何度注意しても直らないんですよ」

「えー兄妹《きょうだい》なんだから別にいいじゃん。ねぇ」

輝夜《かぐや》は天条《てんじょう》さんがいようがお構いなしに、俺の腕《うで》にひっついてくる。

「そうですか。ずいぶんとスキンシップがお盛《さか》んなようで」

天条《てんじょう》さんは眉《まゆ》を歪《ゆが》ませながらも、なんとか本心を抑《おさ》えているようだった。

俺は輝夜《かぐや》の腕《うで》を解いて、天条《てんじょう》さんと向き合う。

足痺《しび》れたぁ〜と横で騒《さわ》いでいる輝夜《かぐや》は一旦《いったん》放っておく。きちんと足を閉じろ、パンツが見えそうになっているぞ。

「それで、どうして義理の妹さんが突然《とつぜん》遊びに来たの？」

言葉に棘《とげ》がある。

「家族旅行のお土産《みやげ》を持ってきたそうです。アポなしで」

お菓子《かし》の入った紙袋《かみぶくろ》を指さす。

最初から輝夜《かぐや》が押しかけてくるのを知っていたら鉢合《はちあ》わせしないように、ピザの配達時間を変えてもらうようにお願いしていた。

「手のこんだアリバイ工作、じゃないよね」

「あのですね、誤魔化《ごまか》すために義理の妹を持ちだすような卑怯《ひきょう》な嘘《うそ》はつきません。正真正銘《しょうしんしょうめい》、俺の家族です！　第一あなたが来るとわかっていて、連れこむバカに見えます？」

俺は誠心誠意の説明を尽《つ》くす。

「そういうドキドキを味わうプレイかも」

「疑心暗鬼《ぎしんあんき》ッ！」

「世の中には色んな趣味《しゅみ》の人がいるって言うし」

想像力が豊かな人だな。意外とそっち方面にも興味津々《きょうみしんしん》なのか。それはそれで大変ドキドキさせられる。

「俺が特殊《とくしゅ》な嗜好《しこう》の持ち主だったらどうするつもりなんですか？」

呆《あき》れつつも、真顔で訊《き》き返《かえ》す。

「趣味《しゅみ》は人それぞれだから無闇《むやみ》に否定しないわ」

公平な立場を守ろうとするところは大変教師っぽい。

「俺がそういう人間だったら一体どうするつもりなんです？」

「〜〜〜ッ、それは、その、まずは要望を精査した上で可能な限りの対応を検討しつつ」

小さな声でモゴモゴと答える。

学校でのハキハキとした話し方とは正反対の自信のなさ。え、要望次第《ようぼうしだい》では対応してくれるってことなのか⁉　男の欲望ダイレクトアタックしちゃっても問題ナシ⁉

ヤバい。妄想《もうそう》をあれこれ巡《めぐ》らせるだけで興奮——しそうになるが今は義妹《いもうと》の前だ。

仮にも兄としての威厳《いげん》を保たねばならない。

「俺の言葉、まだ信じられません？」

力を抜《ぬ》いて、フラットな声で改めて訊《たず》ねる。

「義妹《いもうと》さんって中学生のはずだよね？　大人っぽすぎない？」

「よく言われまーす！」

輝夜《かぐや》も能天気に認める。

天条《てんじょう》さんは気を遣《つか》って、かなりオブラートに包んだ表現をしてくれた。

教師という仕事柄《しごとがら》、数多くの十代と接してきている天条《てんじょう》さんなら大抵《たいてい》の少女相手にここまで身構えることもないだろう。

遠回しに言わんとすることは俺もよくわかる。

我が義妹《いもうと》・輝夜《かぐや》はなんというか——非常にあざとい少女なのだ。

その原因は内面と外見のギャップにある。

黙《だま》っていれば美少女だが、中身は考えなしのアホな子だ。

気分屋で思いつくままに行動するので突拍子《とっぴょうし》もないことを平気でしでかす。遠慮《えんりょ》というものを知らず、年齢差《ねんれいさ》など関係なしに誰彼《だれかれ》構わず友達感覚で話し、物理的な距離感《きょりかん》が近い。

顔つきは亡《な》き実母譲《ゆず》りで整っているものの、まだ幼さを残す。年相応な若々しい手足の華奢《きゃしゃ》さ、身体《からだ》つきもごく平均的。それなのに彼女の仕草ひとつひとつがなまめかしく、中学三年生とは思えぬ色っぽさを帯びる。

子どもっぽい無邪気《むじゃき》な中身と蠱惑的《こわくてき》な仕草で男心をかき乱す。

よく言えば人に好かれやすくて可愛《かわい》がられる子、悪く言えば無差別な恋泥棒《こいどろぼう》。

輝夜《かぐや》と一度でも話せば自分に恋《こい》していると勘違《かんちが》いをする男が続出。

その思わせぶりな態度で次々に恋《こい》の沼《ぬま》へ落としていく。

俺の知る限り、一度に五人から告白されたこともあり、本人の知らないところで地獄絵図《じごくえず》が繰《く》り広《ひろ》げられた。

当の本人には一切《いっさい》その気がないので恋《こい》の勝者はいまだナシ。

錦輝夜《にしきかぐや》は男の純情をかき乱す困ったちゃんであり、身内からすればいつ変なトラブルに巻きこまれるのかヒヤヒヤさせられるような子だった。

私服も首回りや肩《かた》が開いた大人っぽいギャル系の服装を好むため、街を歩いているとナンパをされやすい。ちょっと目を離《はな》した隙《すき》に声をかけられており、俺も何度慌《あわ》てて追《お》い払《はら》ったことか。

「ご懸念《けねん》はごもっともです」

思い出される苦労の数々が蘇《よみがえ》り、表情が歪《ゆが》む。

俺は冤罪《えんざい》を晴らすべくスマホを取り出し、輝夜《かぐや》が中学に入学した時に撮《と》った家族写真を見せた。義父、母親、俺、輝夜《かぐや》が校門の前で並んでいる。

「ほんとうに義妹《いもうと》さんなんだ。わぁ、中学生の悠凪《ゆうなぎ》くんもなんか幼くて可愛《かわい》い」

天条《てんじょう》レイユは、輝夜《かぐや》が俺の義妹《いもうと》だと認めると一気に安心していた。

俺の担任教師で、隣人《りんじん》で、想《おも》い人《びと》はようやく太陽のように眩《まぶ》しい笑顔《えがお》を取《と》り戻《もど》す。

「信じてもらえてよかったです」

俺は身の潔白を証明できたことに安堵《あんど》する。

「ねぇねぇ悠《ゆう》くん。さっき彼女いないって言ってたよね？　このお姉さん相手にすっごい言い訳してない？　もしかして恋人《こいびと》？」

「残念ながら違《ちが》う。俺だって、こんな美人が恋人《こいびと》になってくれたら最高なんだけど」

天条《てんじょう》さんの方をチラリと見ると、彼女は照れくさそうに俯《うつむ》く。

「――え、まさかセフレ？　エチエチなゴールデンウィークだったの⁉」

「「違《ちが》――う‼‼」」

俺と天条《てんじょう》さんは声を揃《そろ》えて否定する。

というか、中学生でセフレとか、そういう単語をあんまり言わないでくれ。両親が聞いたら泡《あわ》を吹《ふ》いて卒倒《そっとう》するぞ。あの人たちにとって輝夜《かぐや》は愛すべき宝なのだ。

「じゃあ、お姉さんは悠《ゆう》くんのなに？」

輝夜《かぐや》は不思議そうに天条《てんじょう》さんを見ていた。

「この人は俺のお隣《となり》さん。１０３号室の住人」

俺は客観的な事実を伝える。

「こんな美人が隣《となり》に住んでいるんだ⁉　悠《ゆう》くんラッキーじゃん」

「そうだな」

「で、なんでお隣《となり》さんが悠《ゆう》くんの部屋に上がってくるの？」

「ふつうにご近所付き合いしているからな」

「ナチュラルに部屋へ上がるのが、ふつう？」

俺たちの生活スタイルについて、いざ真正面から問われると微妙《びみょう》に返答に窮《きゅう》する。

そもそも俺たちがお互《たが》いに部屋を行き来していること自体、第三者には知られないように過ごしてきた。

「おすそわけしてもらったり、普段《ふだん》から交流があるんだ」

俺はできるだけ嘘《うそ》のない答え方をする。

「高校生の部屋に上がるなんて、お姉さん結構ヤバい人？」

なんでこんな美人がうちの兄と付き合いがあるの？　と純粋《じゅんすい》に不思議がっていた。

攻守《こうしゅ》が逆転したみたいに輝夜《かぐや》からの痛い質問が続く。

「逆だよ、輝夜《かぐや》。俺が高校生のひとり暮らしで困っていないかと、なにかと世話を焼いてくれているんだ」

天条《てんじょう》さんの名誉《めいよ》のためにも、俺はハッキリと訂正《ていせい》する。

俺ひとりが誤解される分には構わないが、天条《てんじょう》さんにまで及《およ》ぶのは許さん。

「わざわざ宅配ピザを持ってきて、わたしがいたことに怒《おこ》るのがただのお隣《となり》さん？」

輝夜《かぐや》は腑《ふ》に落ちていない。

「誰《だれ》でも男女が密着している場面に遭遇《そうぐう》すればギョッとするだろう」

「そうそう。未成年が不健全なことをしていたら注意するのが大人ですから」

天条《てんじょう》さんも落ち着いた声で答える。そのキリっとした表情は理知的な印象を強める。

「うわ、堅苦《かたくる》しい。なんか生活指導の先生みたい。お隣《となり》さん相手に干渉《かんしょう》しすぎ。プライバシーの侵害《しんがい》じゃない？」

輝夜《かぐや》はウゲーと舌を出す。

「輝夜《かぐや》、滅多《めった》なことを言うな。俺が了解《りょうかい》しているんだから問題ない」

あぁ、やっぱりこの関係は第三者に知られるべきではないとつくづく思う。

「アタシも困ってた時に悠凪《ゆうなぎ》くんに助けてもらったの。それ以来、なにかと頼《たよ》らせてもらっているの」

旗色が悪くなっていくのを察して、天条《てんじょう》さんが助け船を出す。

「またわたし以外を人助けしている」

輝夜《かぐや》は両頬《りょうほお》をハムスターのように膨《ふく》らませていた。

「ねぇお姉さん、たとえば悠《ゆう》くんがなにをしてくれたの？」

「え、えーっとね」

「まさか言えないこと？」

俺も思い返しても助けた心当たりがありすぎる。

しかも、伝え方次第《しだい》では誤解されかねない際《きわ》どいイベントも多い。

「ごっ……黒い虫が出た時に退治してもらったり。アタシ、虫が大の苦手だからさ」

今、ゴキブリという単語を言いかけて断念したな。

あの時は年上としての体面を気にする余裕《よゆう》がないほど狼狽《ろうばい》して、俺の胸に飛びこんできた。

確かに天条《てんじょう》さんにとって最大のピンチといえばGが出現した時なわけだ。

「あ〜それはわかる。あれはマジ無理。仕方ない、そりゃ悠《ゆう》くんに頼《たよ》るしかないね」

うんうん、と顔を見合わせる女子ふたり。

「ま、そういうわけだから輝夜《かぐや》も俺のお隣《となり》さんと仲良くしてくれ」

「よかったらピザでも一緒《いっしょ》に食べない？　義妹《いもうと》さんのちょっとした歓迎会《かんげいかい》だと思って」

俺たちの提案に、輝夜《かぐや》は頷《うなず》く。


ピザは上手《うま》いこと垂直に落ちたらしく、上の具はほとんど崩《くず》れておらず綺麗《きれい》なものだった。

輝夜《かぐや》はテーブルに広げられたピザを次々と平らげていく。

「少しは遠慮《えんりょ》しろよ」

「もう一枚くらい多めに頼《たの》んでおけばよかったね」

「あ、俺と輝夜《かぐや》の分のピザ代は後で払《はら》います」

「アタシのおごりなんだから気にしないで。社会人のお姉さんに任せなさい。それに君に助けてもらったお礼も兼《か》ねているし」

有無《うむ》を言《い》わせぬ頼《たの》もしい大人ムーブ。

隣人協定《りんじんきょうてい》により食費はある程度折半だが、輝夜《かぐや》のいる前では野暮《やぼ》というものか。

「大人しく甘えさせてもらいます」

「いえいえ」

「輝夜《かぐや》も食べてばかりいないで、言うことあるだろう」

ペロリと手についた脂《あぶら》を舐《な》めてから、ありがとう、と素っ気ない言い方。

「こら、礼はちゃんとしろ。あとサラダも少しは食べろ」

「野菜は好きじゃない」

「健康のためだ」

「オニオンとかピーマンは食べている」

ピザの上に乗った薄《うす》切りの野菜くらいで足りるわけないだろう。

「いいから好《す》き嫌《きら》いするな」

「悠《ゆう》くん、ジジイ臭《くさ》～い」

「誰《だれ》がジジイだ。ぶっ飛ばすぞ」

「ふたりとも仲がいいね」と天条《てんじょう》さんは生温《なまぬる》い視線を送る。ああ、やめて。絶対変に誤解している。あなたが想像するような展開はないッ！

「うん、わたしブラコンだから！」

あっけらかんと認める中学三年生の女子。

しかも初対面の人に臆面《おくめん》もなくブラコンをカミングアウトできるのが凄《すご》い。

「そうやって好意をすぐ言葉にできるところは兄妹《きょうだい》そっくり」

「血が繋《つな》がっていないんだから、大いなる気のせいですよ」

輝夜《かぐや》と一括《ひとくく》りにされるのは心外だ。

「あら、同じ環境《かんきょう》にいると似てくるって言うじゃない」

「知った口を利《き》かないで」

ピシャリと輝夜《かぐや》は不機嫌《ふきげん》に言い放つ。

俺が思わず注意しそうなところを、天条《てんじょう》さんが手で制する。

「いいの、気にしないで。せっかくお兄さんに会いに来て、兄妹《きょうだい》水入らずのところにお邪魔《じゃま》しているのはアタシの方だし」

言葉通り、天条《てんじょう》さんは輝夜《かぐや》の言葉を気にしている素振《そぶ》りはない。

教師という仕事柄《しごとがら》、十代の生意気な発言をスルーするのには慣れているのだろうか。

それどころか、どこか楽しげに食事風景を見ていた。

「お姉さんの方がよくわかっている。悠《ゆう》くん、わたしを子ども扱《あつか》いしすぎ」

輝夜《かぐや》は物言いたげに俺の方を見る。

「おまえが最年少という事実は変わらない」

「そういう態度をとるなら、お姉さんに悠《ゆう》くんのあることないこと吹《ふ》きこむよ」

再会したばかりの兄を脅《おど》してくるとはいい度胸だ。

「せめて、ないことは言うな」

「じゃあ、あることを聞いてみたいな」

天条《てんじょう》さんが軽いノリで求める。それが大きな間違《まちが》いだった。

「悠《ゆう》くんって、わたしの告白を断ったんだよ。酷《ひど》くない？」

輝夜《かぐや》は笑顔《えがお》で特大の爆弾《ばくだん》を放りこんできた。

俺の心臓は止まりかけ、天条《てんじょう》さんの顔はピシリと凍《こお》りつく。

本日何度目の、この展開だろうか。いい加減にしてほしいものだ。

「輝夜《かぐや》！　誤解を増やすな！」

「わたしが好きだって告白したのはほんとうでしょう」

思い返される台詞《せりふ》。

『悠《ゆう》くんとは兄妹《きょうだい》になんかなりたくないッ！』

輝夜《かぐや》のかつて言い放った言葉は、俺をこうして悩《なや》ませる。

ふとした時にフラッシュバックしては気分を沈《しず》ませる。どうして他人の投げかけられた言葉に、俺の心は今も振《ふ》り回《まわ》されてしまうのか。

「子どもの言葉なんて真に受けられるか」

「気持ちは本物だよ。悠《ゆう》くんは返事してくれなかったけど」

「当たり前だろう」

「女の子の気持ちをはぐらかすなんて最低」

側《そば》で聞いていた天条《てんじょう》さんはなんだか死にそうな顔をしていた。

「わたしの連絡《れんらく》をスルーしまくるのも当てつけでしょう」

輝夜《かぐや》はここぞとばかりに不満を打ち明ける。

「必要な連絡《れんらく》には返事している」

「最低限すぎるってば！　お姉さんもそう思うよね？　ね？」

「そうだね。連絡《れんらく》はちゃんと返してあげなよ。送った方は返事がないと無視されているみたいに感じて悲しいでしょう」

天条《てんじょう》さんが肩《かた》を持つと、輝夜《かぐや》はブンブンと頷《うなず》く。

「そうだーそうだー！　凹《へこ》むんだぞ。泣いちゃうぞ」

二対一の状況《じょうきょう》で強気に出る輝夜《かぐや》に対して、俺は苦い顔で言い返す。濡《ぬ》れ衣《ぎぬ》もいいところだ。

「逆なんですよ」

「逆って？」

「輝夜《かぐや》の頻繁《ひんぱん》な連絡《れんらく》は今に始まったわけじゃないんです。家にいた時からどうでもいいような内容をしょっちゅう送ってきて。最初の方は真面目に返事をしてたんですけど、あんまりにも多いから俺も四六時中スマホを手放せなくなって。ちょうど高校受験のタイミングで、勉強に集中するために必要最小限の返事に留《とど》めることにしたんです。これは両親も了解《りょうかい》しています。以来、それが続いているだけです」

　家でも外でも一日中爆撃《ばくげき》のようにスマホが鳴りやまず、バッテリーを消費され続ける状況《じょうきょう》に業《ごう》を煮《に》やし、やむにやまれず無視するようになった。

「あーそういう……」

　天条《てんじょう》さんは事情を察した。

「わたしには息をするのと同じくらいメッセージのやり取りが大事なの！」

　真顔で力説する義妹《いもうと》。

　実際、スマホを入力する速度は鬼《おに》のように速い。指がタップダンスでも踊《おど》るように画面の上を滑《すべ》り、瞬《またた》く間にメッセージが送られてくる。

「大げさな」

「コミュニケーション不足だとさびしくて死んじゃうよ？」

「死なないから安心しろ」

「悠《ゆう》くん、やっぱりわたしのこと嫌《きら》いなんだ。冷血！」

「本気で嫌《いや》ならとっくにブロックなり着拒《ちゃっきょ》している。それに今年は輝夜《かぐや》の方こそ受験生なんだから控《ひか》えろ」

「そっか、輝夜《かぐや》ちゃんは中三だから今年は大事な年になるね。それならちょっぴり我慢《がまん》が必要かもね」

見かねた天条《てんじょう》さんは優《やさ》しく言《い》い含《ふく》めようとする。

「……お姉さん、やっぱり学校の先生っぽい。どんなお仕事しているの？」

鋭《するど》い。

「えーっと、教育関係」

表情を取《と》り繕《つくろ》って、天条《てんじょう》さんはなんとか答えた。

ふーん、と輝夜《かぐや》は大して興味なさそうに聞き流す。

「そうだ、輝夜《かぐや》ちゃんの志望校ってもう決まっている？　行きたい高校とかある？」

天条《てんじょう》さんは話題を逸《そ》らそうと、質問を振《ふ》る。

「悠《ゆう》くんと同じ輝陽《きよう》高校」

また新しい爆弾《ばくだん》が落とされて、俺と天条《てんじょう》さんは同時に息を呑《の》む。

俺も初耳だ。

もしも合格したら、来年の春から輝夜《かぐや》も同じ学校に通うことになる。

そうなったら天条《てんじょう》さんが高校の先生であることが確実にバレてしまう。

天条《てんじょう》さんは震《ふる》える手でコップのコーラを飲み、炭酸でゲホゲホとむせていた。

俺はティッシュ箱を渡《わた》しながら輝夜《かぐや》から背を向けて壁《かべ》になって声を絞《しぼ》って話をする。

「ど、どどど、どーしよう！　義妹《いもうと》さん、うちの高校来ちゃうよ！」

声を殺して叫《さけ》んでいた。

案の定、天条《てんじょう》さんの精神は大恐慌《だいきょうこう》。濡《ぬ》れた口元を拭《ぬぐ》いながら泣きそうだ。俺はいつも食卓《しょくたく》でこの人にティッシュを渡《わた》しているな。

「とにかく余計なことはしゃべらないで」

「うん！」

「あ、そういえばお姉さんの名前って。なんていうの？」

輝夜《かぐや》の強烈《きょうれつ》なアホの子っぷりが絶妙《ぜつみょう》なタイミングで炸裂《さくれつ》。

むしろなぜここまで名前を気にせず話をしていたのだ。

毎度、その奇跡《きせき》のような間の悪さに俺も絶句してしまう。

天条《てんじょう》さんはダメ押しのように追《お》い詰《つ》められていく。せっかくピザをおごってくれた人に恩を仇《あだ》で返すような仕打ちはやめるんだ！

「アタシの、名前」

天条《てんじょう》さんの顔が青ざめている。

なんとかして話題を逸《そ》らしたいが、この期《ご》に及《およ》んで名乗らない方がかえって不自然だ。

「うん。まだ聞いてなかったよね。だから教えて」

ニッコリと社交的な笑《え》みを浮《う》かべる。

ここで本名を答えて輝夜《かぐや》が輝陽《きよう》高校に合格した暁《あかつき》には、俺の隣人《りんじん》が学校の先生であることがバレてしまう。天条《てんじよう》レイユに気づいた輝夜《かぐや》は『あ、悠《ゆう》くんのお隣《となり》のお姉さんだ』とポロっと口にするに決まっている。学校中に知《し》れ渡《わた》り、待っているのは社会的制裁、その末の別れ。

「え〜っと、レイ、ゆ」

最後の一文字は俺もほとんど聞き取れない大きさの声だった。

「じゃあレイちゃんって呼ぶ！　レイちゃん、名字は？」

輝夜《かぐや》は天条《てんじよう》さんが許可を出す前に勝手に呼んでいる。距離《きより》の縮め方が相変わらず早い。

「名字!?」

声が裏返ってしまっていた。

天条《てんじよう》さんは視線を左右に彷徨《さまよ》わせ、しどろもどろになる。

「アタシの名字ね、ちょっと珍《めずら》しくて」

「ますます気になる！」

カタコトに答えて必死に時間稼《じかんかせ》ぎをするが、輝夜《かぐや》は答えてくれるのを待っている。

「………、とぉおみ！　そう、とおみ！」

「どんな字を書くの？」

「遠い海と書いて、遠海《とおみ》って読むの！」

「お姉さん、遠海《とおみ》レイっていうんだ。いい名前だね！」

かくして輝夜《かぐや》の前では天条《てんじょう》レイユ改め、遠海《とおみ》レイと名乗ることになった。

※※※

夕飯の後片付けを済ませて、今夜は解散となった。

「レイちゃん、ピザごちそうさま。また遊びにくるね」

「来るな」と俺はすかさず釘《くぎ》を刺《さ》す。

「じゃあ、どっか遊びに行こうよ。夏物の新しい服とか買い物したいから付き合って」

「もうすぐ中間テストだ」

「悠《ゆう》くん、否定しかしていない」

「学生の本分は勉強だ。テストの点数が低いと成績にも響《ひび》くぞ」

「悠《ゆう》くんの成績が落ちれば家に戻《もど》ってくるんでしょう？　わたしは嬉《うれ》しいかも」

道連れで俺まで巻きこむな。罪悪感ゼロの顔をして邪悪《じゃあく》なことを言う。

「せめて中間テスト明けにしたら？　それなら支障ないでしょう？」

天条《てんじょう》さんの言葉に俺は目を丸くする。

「え、行っていいんですか？」

「せっかくだから出かけてきなさいよ。あまり会っていないんでしょう？」

先ほどまでの動揺《どうよう》は見られず大人として振《ふ》る舞《ま》った。

三人で外の廊下《ろうか》に出る。

「じゃあ俺は輝夜《かぐや》を駅まで送ってきます」

「はーい。夜道に気をつけて」

すっかり憔悴《しょうすい》した様子を必死に隠《かく》して、天条《てんじょう》さんは手を振《ふ》って見送る。

朝は食事を済ませると先に学校へ行く先生を送り出すのも俺だし、夕飯後も先生は隣《となり》の部屋に戻《もど》っていく。

いつもとは逆で見送られる立場というのはなんだか新鮮《しんせん》だった。

ふとアパートの郵便受けにある部屋の表札を見て気づく。

「なるほど、それで遠海《とおみ》ね」

部屋番号が103号室であるから、10《とお》と3《み》で遠海《とおみ》と咄嗟《とっさ》に名乗ったのだろう。

「悠《ゆう》くん、行かないの？」と輝夜《かぐや》に急《せ》かされる。

空には綺麗《きれい》な月が白く光っていた。

明るい夜空の下、ふたりきりで駅まで並んで歩く。

「あんな美人のお隣《となり》さんと仲良くしてたら、そりゃ家には帰りたくなくなるよねぇ。休みの日も一緒《いっしょ》なの？」

「今日みたいなことは例外だ」

事実、隣人協定《りんじんきょうてい》には休日祝日に関する決め事はない。

「悠《ゆう》くん、もっと孤独《こどく》でさびしいひとり暮らしをしていると思ったのに、当てが外れちゃったな。あんな強力なお邪魔虫《じゃまむし》がいるなんて。なんとか退治できないかなぁ」

輝夜《かぐや》は月を見上げながら、独り言のように呟《つぶや》く。

「レイちゃんのこと、好き？」

「……いきなりだな」

「悠《ゆう》くんって困っている人を放っておけないじゃない。だから助けているうちに目が離《はな》せなくなっちゃってるのかな──わたしの時みたいに」

輝夜《かぐや》は三日月のような微笑《びしょう》を口元に浮《う》かべて、俺を煽《あお》ってくる。

「俺に好かれている自覚はあるんだな」

「そりゃ義妹《いもうと》想《おも》いな自慢《じまん》のお義兄《にい》ちゃんだもの」

「それはなにより」

わざとらしい言い草もあったものだ。

「ねぇねぇ、戻《もど》ってきなよ。前みたいに一緒《いっしょ》に暮らそうよ」

おねだりするように小首を傾《かし》げる輝夜《かぐや》。

「俺はこっちにいる方が落ち着いて生活できるんだ」

「勉強も食事も睡眠《すいみん》も家でできるのに？」

わかっているでしょう、とばかりに遠回しに囁《ささや》く。

「土産《みやげ》を持ってきたのはただの口実で、本題はそっちか」

「当たり」

「俺は戻《もど》らないぞ」

「それは、わたしと一緒《いっしょ》だと落ち着かないから？」

「あぁ、いつもヒヤヒヤさせられる」

俺は素直《すなお》に認める。

「悠《ゆう》くんが過保護なんだよ。そんな心配なら、やっぱり帰ってきなよ。近くで見られる方が安心じゃない」

「そっちこそ、俺への当てつけに輝陽《きよう》高校を受験するのか？」

「制服が可愛《かわい》いから。今セーラー服だから、高校ではブレザー着たいんだ」

弾《はず》む声で答える。

ずいぶん即物的《そくぶつてき》な理由に聞こえるが、女子には立派な進学理由なのだろう。

「ブレザーの高校なんて他にいくらでもあるだろうに」

「悠《ゆう》くんも同じ学校なら、放課後も一緒《いっしょ》に遊べるでしょう？　わたしは悠《ゆう》くんとずっと仲良くしたいだけだよ」

「仲はいいだろう」

「兄妹《きょうだい》として……でしょう？」

「それで十分だ」

「不満、不満、超《ちょう》不満だよ～～。足りなくて退屈《たいくつ》。そうでしょう、ねぇ」

輝夜《かぐや》はまた俺の腕《うで》に抱《だ》きついてくる。

「だから近いって」

「こんな美少女と腕《うで》を組めて最高でしょう？」

「おまえ相手にはもう慣れた」

「悠《ゆう》くんの皮肉屋！」

「育ちが悪いもんでな」

「大変！　早く家庭の味で心の健康を取《と》り戻《もど》さなきゃ！」

「どうせ食事を作るのは俺だろう」

「アハ。そうだね～～」

目が合う。

そして同時に吹《ふ》き出《だ》す。

「あー面白《おもしろ》い。悠《ゆう》くんが変わってなくて安心した。やっぱり悠《ゆう》くんと話すのが一番楽しいよ」

「そうかよ」

輝夜《かぐや》は俺の答えに気をよくする。

「ねぇねぇ、悠《ゆう》くんが家にいない間のこと気にならないの？」

「別に」

「また男子に告白されたよ」

「ブラコン彼女なんて相手の男は嫌《いや》がるぞ」

「ちゃんと断ったから」

「ご苦労様」

「ま、他にもいっぱい告白されたけどね〜〜」

相変わらずのモテっぷりらしい。

「楽しい学生生活だな」

「そうでもないよ。今年は受験があるから付き合えませんって何回言ったんだろう」

「輝夜《かぐや》にしては気を遣《つか》えている」

恋愛《れんあい》に現《うつつ》を抜《ぬ》かして勉強が疎《おろそ》かになったら大変である。

「悠《ゆう》くんよりいい彼氏《かれし》候補《こうほ》がいないせいだよ」

「ずいぶんと低いハードルだな」

「逆。むしろ高すぎるの」

「中学生と高校生を比べるのは酷《こく》だろう」

「じゃあ、わたしは年上の方が合っているのかな」

「相手次第《あいてしだい》だろう」

年齢差《ねんれいさ》は関係ない。それは俺自身にも言えることだ。

「──わたしに恋人《こいびと》ができなくて安心したでしょう？」

「おまえが幸せなら、それでいいよ」

自分が兄である以上、義妹《いもうと》の幸せを願うだけだ。

「……つまんないの」

輝夜《かぐや》は俺の腕《うで》をほどき、さっさと先へ歩いていこうとした。

「⁉　輝夜《かぐや》、待て！」

住宅地で見通しの悪い十字路を渡《わた》ろうとして、俺は彼女の手を摑《つか》んで引き留める。

直後、目の前をクルマが通り過ぎていった。

彼女がそのまま飛び出していたら危《あや》うく事故に遭《あ》っていたかもしれない。

遠ざかっていくテールランプを睨《にら》みながら、見通しが悪いのにスピードを出し過ぎじゃないかと内心で悪態をつく。教習所からやり直せ。

「暗いから気をつけろ。ここは夜でも交通量が多いんだ」

「……いつも助けてくれるね」

「事故ったら大変だろう」

「悠《ゆう》くん、やさしい」

「自分でも気をつけろ」

「照れちゃって」

「いつまでも甘えるな」

「それは、無理かな。悠《ゆう》くんは初恋《はつこい》の人だから」

足を止めて、彼女は手を前で合わせて困った顔をする。

「そういう発言は本気で好きになった人だけにしておけ」

「だから、悠《ゆう》くんにしか言ってないよ」

残念ながら俺と義妹《いもうと》はまだ本物の家族になれていないようだ。

幕間《まくあい》一　将来のこと

「義理の妹さんが元カノみたいなムーブで圧をかけてきた」

風呂場《ふろば》の曇《くも》った鏡に映った顔は眉間《みけん》にしわが寄っていた。

ゆっくりと肩《かた》まで湯船に浸《つ》かりながら、アタシは先ほどまでのことをふと思い返す。

まさか悠凪《ゆうなぎ》くんの家族といきなり鉢合《はちあ》わせするとは予想外すぎた。

なんの心構えもできていなかったから、盛大《せいだい》な勘違《かんちが》いをしてしまった。

「はぁ、子ども相手に取り乱して恥《は》ずかしい……」

いい大人がなにをやっているんだか。

ぼんやりと水滴《すいてき》のついた浴室の天井《てんじょう》を眺《なが》めているうちに、口からモヤモヤしていたものがこぼれてしまう。

「それにしたってあの兄妹《きょうだい》、仲がよすぎ」

……いや、この表現は不正確だ。

少なくとも輝夜《かぐや》ちゃんの方は違《ちが》うように見えた。

「距離感《きょりかん》が近すぎるのよね」

部屋で輝夜《かぐや》ちゃんが彼に抱《だ》きついていた雰囲気《ふんいき》は、とても兄妹《きょうだい》には見えなかった。

あんなに好き好きオーラ全開でまとわりついていれば浮気相手《うわきあいて》と間違《まちが》えるのも無理ない。

「いや、アタシと悠凪《ゆうなぎ》くんはまだ付き合っていないけどさッ！」

アタシも人のことをとやかく言える立場ではない。

自分でツッコミながら、「まだ」と言っているあたり我《われ》ながら笑ってしまう。

隣人協定《りんじんきょうてい》にあの第六条を追加するほど、彼が気になっていた。

正直、恋人《こいびと》をつくらないでほしいと望んでいる。

独占欲《どくせんよく》がどうしようもなく疼《うず》いていた。

当たり前のように頼《たよ》りにしてしまう。

ずっと隣《となり》にいてほしい。

ゴールデンウィークも彼が看病してくれて助かったし嬉《うれ》しかった。弱った姿を晒《さら》してしまったところで、もう色々見られすぎたから今さら年上ぶってカッコつけようもない。

安心して、素の自分を見せることができる。

そんな風に初めて想《おも》えた人がまさか年下の相手なんて自分でもびっくりだ。

何事もなく彼の卒業を迎《むか》えられれば、この保留した関係も終わる。

その未来を想像するだけ胸が高鳴る。

彼が、両親の関係性に失望して永遠の愛を信じられなくなったアタシを変えてくれた。

そんな特別な存在と出会えたことは奇跡《きせき》だ。

彼が他の人と違《ちが》うのは義妹《いもうと》さんとの関係性を見てもよくわかった。

「一筋縄ではいかない義理の妹、か」

それが率直《そっちょく》な感想だった。

輝夜《かぐや》ちゃんはまだ中学三年生というのだから驚《おどろ》きである。

いきなり可愛《かわい》すぎる義妹《いもうと》ができれば年頃《としごろ》の男の子は絶対に戸惑《とまど》う。

魔性《ましょう》というには無邪気《むじゃき》すぎるが、これからますます男心を揺《ゆ》さぶる色香が花開く。

甘え上手に迫《せま》られたら、大抵《たいてい》の男は好きになっても不思議ではない。

一緒《いっしょ》にいたら心が揺《ゆ》らいでしまう。

そんな危《あや》うい女の子だ。

「そこを自制できるところが彼の魅力《みりょく》なんだけれども」

それは信じられる。

だってアタシが水着でお風呂《ふろ》に入っていった時は、もっと緊張《きんちょう》していて余裕《よゆう》もなかった。

「……あんな手ごわい義妹《いもうと》さん相手に流されないなんて悠凪《ゆうなぎ》くんは大した理性の持ち主だ」

世の中の問題は理性のブレーキが機能しないことで悪化する。

アタシたちの隣人関係《りんじんかんけい》だって欲望に流されれば、どうなることやら。

「――義妹《いもうと》さんが、ひとり暮らしを決めた理由なのかな」

気になる。

すっごく気になるけど、迂闊《うかつ》に訊《き》いて藪蛇《やぶへび》になるのも恐《こわ》かった。

親同士の再婚《さいこん》後、彼はお母さんと折り合いが悪くなったと言っていたが、詳《くわ》しい事情はまだ知らない。

話を聞いた印象は嘘《うそ》ではないが、それだけが真実でもなさそうだ。

今日の悠凪《ゆうなぎ》くんの輝夜《かぐや》ちゃんへの態度は縁《えん》を切りたいほど邪険《じゃけん》にはしておらず、かといって無条件に好き合うような家族の愛情とも違《ちが》う。

そもそも大人でさえ家族として上手《うま》くやっていくのだって難しい。

まして、お互《たが》い思春期の男女が義理の兄妹《きょうだい》になるのだ。

単なる好《す》き嫌《きら》いでは片づけられない。

好きだけど決して異性として好きになってはいけない相手。

当時から彼が相当きつかったであろうことだけは想像に難《かた》くない。

「……そんな子を待たせているんだからアタシも悪い大人」

質《たち》の悪い焦《じ》らしプレイでもさせている気分で恥《は》ずかしくなる。

妙《みょう》な罪悪感を覚えているところで、親友から電話がかかってきた。湯船に浸《つ》かりながら電話に出る。

「もしもし？」

『あ、レイユちゃん、もしやお風呂《ふろ》でも入ってます？　かけ直しましょうか？』

「いいよ。ちょうど話したかったし」

『ゴールデンウィークは海で遊ぶ予定だったのに行けなくて残念です。風邪《かぜ》はどうですか？』

「悠凪《ゆうなぎ》くんが看病してくれたおかげで元気」

『…………いきなり惚気《のろけ》ですか？　惚気《のろけ》ですよね。惚気《のろけ》るなッ！』

「違《ちが》うってば！」

訊《き》かれたから答えたまでだ。そんなつもりはない。

『あーあー、いいな。羨《うらや》ましい。わたしも家事をしてくれる素敵《すてき》な男性に甲斐甲斐《かいがい》しくお世話されたーい』

「まるでアタシが依存《いぞん》しているみたいじゃない！　お隣《となり》さん同士、ちゃんと対等だから！」

『はいはい、結婚式《けっこんしき》には呼んでください。友人スピーチでは馴《な》れ初《そ》めを洗いざらいぶちまけてやります』

「恐《こわ》いこと言わないでよ。ただでさえ今日は彼の義妹《いもうと》さんが来て大変だったんだから」

『もう小姑《こじゅうと》と遭遇《そうぐう》⁉　ガチバトルになったりしました？　詳《くわ》しく教えてくださいよ』

「気が早い！」

『病《や》み上《あ》がりでからかいすぎましたね』

「まったくよ」

『で、気になる人の身内とのファーストコンタクトは上手《うま》くいきました？　身内の評価は案外と響《ひび》きますからね。恋愛《れんあい》は構わないけど、結婚《けっこん》はNGなんて平気で言いますし』

親友は完全に面白《おもしろ》がっていた。

「義妹《いもうと》さんは警戒《けいかい》していた、かな」

『へぇレイユちゃん相手に怯《ひる》まないって、その義妹《いもうと》さん根性《こんじょう》ありますねぇ』

「アタシとしてはもっと仲良くしたいんだけど」

『着実に将来への外堀《そとぼり》を埋《う》めているッ！』

「ご近所付き合いの一環《いっかん》よ」

『同性の目線は厳しいから気が抜《ぬ》けませんよね』

親友のほのめかしに、抑《おさ》えていた不安が湧《わ》いてくる。

「嫌《きら》われてたらどうしよう。ブラコンって自分で言えちゃう子なんだよ」

『うわぁ厄介《やっかい》そう。レイユちゃんは大好きなお兄さんを奪《うば》い去《さ》っていく泥棒猫《どろぼうねこ》として目の仇《かたき》にされますよ』

「やっぱりそうかな。そうだったらどうしよう」

ただでさえ名前や職業など誤魔化《ごまか》しているので不安要素は尽《つ》きない。

『…………』

「なんで黙《だま》りこむのよ？」

『いやぁ、レイユちゃんって本気でお隣《となり》の彼との将来を真面目に考えているんですね』

からかうように祝福するように指摘《してき》される。

アタシは完全に無自覚に発言していた。

『レイユちゃんの浮《う》かれた恋《こい》バナが聞けて超楽《ちょう》しい』

「～～～ッ」

散々いじられて通話は終わった。

アタシは、自分の本心と教師という立場の板挟《いたばさ》みから早く卒業したかった。

この気持ちを隠《かく》すことなく振《ふ》る舞《ま》えたなら、どれほど幸せだろう。

そのためにも義妹《いもうと》さんとも仲良くなりたい。

仲良くしたいけど、悠凪《ゆうなぎ》くんに対する近すぎる距離《きょり》感《かん》も気にかかった。

「メッセージで質問しようかなぁ。けど、今日はもう遅《おそ》いし……」

先延ばしは精神衛生に良くないが、連絡《れんらく》をとる踏《ふ》ん切《ぎ》りがつかない。

顔の半分を湯船にぶくぶくと沈《しず》めながら悩《なや》んでいると、悠凪《ゆうなぎ》くんから電話がかかってきた。

「わっ⁉」

危《あや》うくスマホをお湯の中に落としそうになる。

キャッチした拍子《ひょうし》に通話ボタンを押していた。

『天条《てんじょう》さん。さっきはありがとうございました……どうかしました？　なんか声も反響《はんきょう》しているような』

「な、なんでもないよ。なに？」

『輝夜《かぐや》の件でちょっと話したくて。これから部屋へ行っていいですか？』

「急だね。アタシは構わないけど」

『先送りしていると天条《てんじょう》さん、変に気にして悩《なや》んでそうじゃないですか。寝不足《ねぶそく》になられても心配なので』

こちらの事情は彼にはすべてお見通しだった。

察して気を回してくれたことにキュンときてしまう。

『五分くらいでアパートに戻《もど》るので、そのまま行っていいですか』

「ダメ！」

『え？』

「三十――、いや、せめて二十分後にして。よろしく！」

彼の返事も待たずに通話を切ると、大急ぎでお風呂場《ふろば》から出た。

もう、どうして女は身支度《みじたく》に時間がかかるのよ！

第二章　閉じこめられて

「おかえり。お見送りご苦労様」

天条《てんじょう》さんはパステル調のかわいらしい寝間着姿《ねまきすがた》で出迎《でむか》えてくれた。

お風呂《ふろ》に入っていたらしく、昼間とはまた違《ちが》う匂《にお》いを纏《まと》っている。まだ湯上りで暑いのか、細い首元にはほんのりと汗《あせ》の玉が浮《う》かんでいた。

「上がってもいい、ですか？」

見慣れない姿に、俺は思わず確認《かくにん》する。

「看病で毎日来ていたじゃない。今さらどうしたの？　入って」

天条《てんじょう》さんはクスリと微笑《ほほえ》み、あっさりと招き入れてくれた。

部屋に入ると、同じ間取りでもやっぱり部屋の印象はまったく違《ちが》う。

床《ゆか》にクッションを敷《し》いて座ると、まずはお礼と謝罪だ。

「色々とありがとうございました。そして、輝夜《かぐや》が数々の無礼をして申し訳ありません！」

「新鮮《しんせん》な経験で面白《おもしろ》かったよ。アタシ、初対面の人に緊張《きんちょう》されるのがほとんどだから人見知りをしない輝夜《かぐや》ちゃんみたいな子は珍《めずら》しかった」

「それは、美人ならではの悩《なや》みですね」

天条《てんじょう》レイユほどの美貌《びぼう》の持ち主なら周りから頼《たの》んでもいないのによくも悪くも特別扱《とくべつあつか》いされてしまう。それが得する時もあるが、当の本人は疎外感《そがいかん》を覚えたりさびしさを感じることもあるらしい。

輝夜《かぐや》の礼儀《れいぎ》知《し》らずもたまには役立つ。

そんな風に好意的な解釈《かいしゃく》をしてもらって頭が上がらない。

俺なら腹を立てて機嫌《きげん》が悪くなってしまう。

「おだてても、なにも出ないよ」

「ピザをおごっていただけただけで十分です」

「足りないよ。看病で食事を作ってもらったり、細々と買い物してもらったし」

天条《てんじょう》さんはほんとうに義理《ぎり》堅《がた》い。

「その前には俺も看病してもらったからおあいこです。この話はここまでにしましょう。貸し借りが終わらなくなるから、隣人協定《りんじんきょうてい》を決めたわけですし」

「そうだね」

熱があった時は元気がなくてこんな雑談も気軽にできなかった。

「輝夜《かぐや》ちゃんみたいな可愛《かわい》らしい義妹《いもうと》だと、悠凪《ゆうなぎ》くんも相当甘やかしたでしょう」

「むしろ俺は厳しく接したつもりですよ」

「厳しさも愛情の内、じゃない？」

「それに気づいてくれるほど輝夜《かぐや》は大人じゃないので。見ていればわかるでしょう？」

輝夜《かぐや》がもう少し物分かりが良くて落ち着きがあれば、と思わない日はない。

「かまってくれるのが嬉《うれ》しいのよ」

「それは俺も同じです。というわけで、天条《てんじょう》さん今すぐ付き合いません？」

「それはダメ。バレたら教師クビになるし」

軽くたしなめるのも案外と嫌《いや》ではない。

「俺のこと、嫌《きら》いじゃないでしょう？」

「隣人協定《りんじんきょうてい》、第六条！」

俺たちの間で交《か》わされた約束が彼女の答えだった。

卒業までお互《たが》いに恋人《こいびと》はつくらない。

「うわ、ズルい答え方」

「誰《だれ》に聞かれているかわからないでしょう。このアパート、壁《かべ》が薄《うす》いんだから」

「今はふたりきりですよ。角部屋で隣《となり》は俺の部屋だから多少の声を出しても大丈夫《だいじょうぶ》です」

「油断は禁物」

「色んな意味で我慢《がまん》ってしんどいなぁ」

こんなに近くにいても精神的にも肉体的にも寸止めを食らっている。

「だからって他の人に目移りは禁止だからね」

「一生後悔《こうかい》するってわかっているのに、俺が破るわけないでしょう」

なにを今さらと笑い飛ばす。

「君、そういうことをあっさり言うよね」

「あなたの望む、永遠の愛に対する保証です」

「……、ありがとう」

「だから、天条《てんじょう》さんもあんまり勘違《かんちが》いしなくていいですよ」

「久宝院《くほういん》さんのモーニングコールのこともあったし。……それに、まさか妹さんがあんな色っぽい感じの子だなんて思わないでしょう」

確かに一目見ただけで輝夜《かぐや》が中学生だとわかる人は稀《まれ》だろう。

俺も初めて顔合わせをした時は、同学年かと思ったほどだ。

「そこまで疑われると、俺がもう男子校に転校するしかないじゃないですか？」

とはいえだ、大切な人に無闇《むやみ》に誤解されるのは俺も傷つく。

「ダメ。それだと効果がないし」

「効果って？」

「教室の目の前に君が座っていてくれたから、アタシも体調が悪くても乗り切れたから」

なんと！　天条《てんじょう》さんがゴールデンウィークまで仕事をがんばれたのは俺のおかげだった。

――俺は、ただの教え子ではない。

それがわかったことは最高のご褒美《ほうび》だ。

「抱《だ》きしめてもいいですか？」

俺は彼女の真横まで近づく。

「いきなりドキドキさせるな！　寝《ね》れなくなるでしょう」

「どの道、輝夜《かぐや》のことが気にかかって眠《ねむ》れなかったんじゃないんですか？」

「バレてる⁉」

「こういうのは早めに解消した方がいいと思って夜遅《よるおそ》いけど来た次第《しだい》です」

「よく、おわかりで……」

「どうせ俺が可愛《かわい》い義理の妹とHな展開になって、家に居づらくなってひとり暮らしをしたとか想像してたんじゃないんですか？」

俺は言葉を選ばずに発言する。

答えはなくても、彼女のわずかな反応は雄弁《ゆうべん》だ。

図星だったらしく、極《きわ》めて気まずそうに顔を逸《そ》らす。

横顔の細いラインやうなじがセクシーで好ましい。

俺が見惚《みと》れるのは天条《てんじょう》レイユだ。

他の人なんて考えられない。

「やっぱり。そんなことあるはずないでしょう。欲望のまま義理の妹と禁断の関係になる勇気なんて俺にはありませんから」

ハッキリと疑惑《ぎわく》を否定しておく。

「じゃあ、なんて輝夜《かぐや》ちゃんはあんなベッタリなの？」

「俺だって逆に訊《き》きたいです。こっちは立派な兄貴になろうと必死だったのに、出会った時の輝夜《かぐや》は今以上に子どもだったでしょう。たまたま身近な男である俺を兄として慕《した》うより先に、異性として認識《にんしき》したとか？　…………自分で言うとマジでキモイな」

我ながらドン引きだ。

輝夜《かぐや》の本心がどうであれ、少なくとも俺にその気はない。

「……天条《てんじょう》さん、なんで悔《くや》しそうなんですか？」

「君に筒抜《つつぬ》けになっているみたいで恥《は》ずかしいのよ」

「天条《てんじょう》さん、わかりやすいから」

「年下のくせに生意気だぞ」

「隣人同士《りんじんどうし》、対等じゃないんですか？」

「ああ言えばこう言う」

「嫌《いや》ですか？」

「そういうわけじゃないけど」

「俺はただ、天条《てんじょう》さんを心配させたくないだけです。できるものなら俺の頭の中でも覗《のぞ》いてみてほしいですよ」

「なんかピンクでいっぱいそう」

「否定はしません」

「我慢《がまん》、しんどいよね？」

天条《てんじょう》さんはバツが悪そうにしながら気遣《きづか》ってくれる。

「俺は確かにエッチなことにガッツリ興味《きょうみ》津々《しんしん》ですけど、これまでもこれからも好きな人を困らせるつもりはありません」

だからこそ俺は本心から明るく答えた。

「好き⁉」

隣《となり》のお姉さんは敏感《びんかん》に細い肩《かた》を震《ふる》わせた。

「好きって言って困らせるなら言いません。けど、揺《ゆ》るがない気持ちが確かにあることだけは覚えておいてください」

「ありがとう」

天条《てんじょう》さんは胸元《むなもと》に手を置き、万感《ばんかん》の想《おも》いをこめるように言った。

「惚《ほ》れ直《なお》していいですよ」

「別に直す必要はないかな」

彼女は照れくさそうにはにかむ。

俺はこの人が好きなんだ。

※※※

ゴールデンウィークが終わり、久しぶりの登校である。

朝。起きると、隣《となり》の部屋から壁越《かべご》しに目覚ましのアラームが聞こえてきた。

すぐに音が止まり、程《ほど》なく俺のスマホにメッセージが届く。

レイユ：おはよう。今日からまたよろしくね。

昨夜はピザだったから今朝はご飯がいいかな。

悠凪《ゆうなぎ》：おはようございます。了解《りょうかい》です。お待ちしています。

身支度《みじたく》を済ませると、俺にはもうひとつやるべきことがある。

俺はクラスメイトの久宝院《くほういん》旭《あきら》にモーニングコールをかけた。

連休明けで念のため時間的余裕《よゆう》を持たせるため、いつもより少し早い時間に電話をかける。

長めのコール音の末、ようやく電話に出た。

かすかな吐息《といき》とベッドの上をなんとか動くような音が聞こえる。

「おはよう、旭《あきら》。今日から学校だ。起きろ」

『んー……』

俺の言葉が脳まで届いているかも怪《あや》しい反応だった。

「遅刻《ちこく》するぞ」

『その声は、錦《にしき》？』

まだ夢心地《ゆめごこち》な声を漏《も》らす。

「ゴールデンウィークはもう終わったぞ」

『……延長で』

「できるなら俺だって延長したい」

『ずっと休みがいい』

「なら偉《えら》くなって祝日を増やせ」

どうやって祝日を定めることができるのか知らんが。

『そこは錦《にしき》に任せた。私を楽させて。まずは週休三日で許してあげる』

「できるか！」

いきなりハードル高い。半分寝《ね》ているくせに上から目線がすぎる。

『ついでに日本経済も立て直して』

「要求がインフレしすぎだ」

『人間は長く起きすぎだし、世の中は複雑で余裕《よゆう》がなさすぎ。もっと適当でいいのに』

本音では同意したいところだが、認めてしまうと旭《あきら》が遅刻《ちこく》してしまう。彼女がペナルティーを課せられないために俺はモーニングコール係を買って出たのだ。

「一分一秒を競《きそ》い合《あ》っていた元陸上部とは思えない発言だな」

『一秒以下を突《つ》き詰《つ》めてきた反動よ』

「妙《みょう》な説得力があるな」

『むしろアスリートこそ睡眠《すいみん》を誰《だれ》よりも大切にしているの。じゃあおやすみ』

「起きろや！」

こんだけ話しておいて、まだ起きないのかよ。

『うるさいなぁ。電話を切るよ』

「そしたらモーニングコール係を俺も辞《や》めるからな」

『私を見捨てるの？』

「人聞きの悪いことを言うな」

『錦《にしき》の鬼《おに》』

「むしろ毎朝電話しているんだから仏のように優《やさ》しいだろう」

『自分で仏とか言っちゃうんだ』

電話の向こうで低く笑っていた。

俺も自分で言っておいて、ちょっと恥《は》ずかしい。

「旭《あきら》、休みで生活リズムが完全にリセットされているな。ちゃんと戻《もど》せ」

『錦《にしき》も引き続きモーニングコールよろしく』

旭《あきら》は軽い調子で言う。

「それは人に物を頼《たの》む態度じゃない」

『先に申し出たのは錦《にしき》』

「そりゃそうだけど」

『男なら最後まで責任を持て。じゃあ、また駅で』

旭《あきら》は言うことだけ言って電話を切った。

どうやらモーニングコール係はまだ辞《や》められないようだ。


朝食ができあがった頃《ころ》、天条《てんじょう》さんが俺の部屋にやってきた。

「おはよう！　今日の朝食はなにかな」

バッチリメイクで気合いを入れた天条《てんじょう》さん。仕事着を着た姿も凜々《りり》しくて素敵《すてき》だ。ウキウキした様子でテーブルに並んだメニューをチェックする。

「おぉ、おにぎりだ。みそ汁《しる》に玉子焼きとソーセージ、おひたしとヘルシーな和食だね。お腹《なか》に優《やさ》しそう」

「玄米茶《げんまいちゃ》も淹《い》れたのでどうぞ」

ふたり分の湯呑《ゆのみ》を置いて、俺もテーブルの前に座る。

「「いただきます」」と声を揃《そろ》えて朝食をふたりでいただく。

朝日が差しこむ明るい部屋でゆったりとした時間が流れる。

俺の部屋に天条《てんじょう》さんがいることになんの違和感《いわかん》もない。こんな美人がいてくれることに馴染《なじ》むなんて贅沢《ぜいたく》なことである。

ひとたび外に出れば、慌《あわ》ただしい一日が始まってしまう。

その前の大切な充電時間《じゅうでんじかん》。

だが、この穏《おだ》やかな朝の時間を打ち破るように電話の着信音が鳴《な》り響《ひび》く。

スマホに表示される名前は錦輝夜《にしきかぐや》。

俺は画面を天条《てんじょう》さんに見せる。

「出てあげなさい」

「昨日の今日ですよ。一度許すと絶対エスカレートしますってば。メッセージが絶え間なく送られてきて、俺ノイローゼになる自信があります」

「さすがにそこまでしないでしょう」

「天条《てんじょう》さんは輝夜《かぐや》を甘く見積もりすぎです」

「悠凪《ゆうなぎ》くんが厳しすぎるんじゃない？　いいから出てあげて。ずっと鳴っているよ」

天条《てんじょう》さんもこれまで俺があえて連絡《れんらく》を無視していたことを密《ひそ》かに気にしていたのだろう。

相手が誰《だれ》なのかをわかった以上、黙認《もくにん》もできないようだ。

好きな人からそんな風に言われたからには断れない。

俺は電話に出た。

『もしもし、悠《ゆう》くん。おはよう！』

「朝から声がでけえよ」

耳がキーンとなった。スマホを少々離《はな》し気味に持つ。

『昨夜はありがとうね！　レイちゃんにもお礼を言っておいて！　サンキューって！』

声のボリュームが大きいから、隣《となり》にいる天条《てんじょう》さんにも聞こえていた。

そして感謝が軽い。同級生相手じゃないんだから、もっと丁寧《ていねい》な言葉を使え。

説教したくなったが、輝夜《かぐや》はさっさと話を進める。

『あのね、今度の買い物はどこに行こうかって相談？　悠《ゆう》くんは行きたい場所ある？』

俺は念のため通話をスピーカーに切《き》り替《か》える。

「休みの日なら都内はどこ行っても混んでいるからなぁ」

『人波をかきわけるのも込《こ》みで外出！』

「物好きだなぁ」

我が義妹《いもうと》は混雑しているとかえってテンションが上がるタイプのようだ。

『渋谷《しぶや》？　原宿《はらじゆく》？　池袋《いけぶくろ》？　新宿《しんじゆく》？　あ、わたし、お台場《だいば》行きたいかも。海も近いし、お台場《だいば》にしよう！　決定！』

話し合うまでもなく、輝夜《かぐや》がひとりで決定してしまう。

「東京湾《とうきようわん》なんて見て楽しいのか？」

『男女で海を見たらロマンチックじゃない？　海に行くだけでテンション上がるし』

「そうかぁ？」

『じゃあ、綺麗《きれい》な海には悠《ゆう》くんがいつか連れて行ってね。沖縄とか？　あ、海外でもいいよ』

「親に甘えろッ！」

輝夜《かぐや》の要求は常に難易度が高い。

今朝は旭《あきら》からも寝《ね》ぼけて無茶ぶりされたな。

その意味で言うと永遠の愛を信じたい天条《てんじよう》レイユの要求こそぶっちぎりの最難関だろう。

愚《おろ》かなもので求められたら応えてみせたいのが惚《ほ》れた弱みだ。

『けんもほろろ〜〜』

「よくそんな言葉を知っていたな」

『わたし、こう見えて成績悪くないんだ。だから輝陽《きよう》高校もちゃんと受かるよ』

自信満々の宣言。

俺たちにとっては朝からバッドニュース。

天条《てんじょう》さんも複雑そうだった。教育者としては学生が努力して目標を達成するのは喜ばしいことだが、うちの高校に来られるとややこしいことになる。

つくづく俺と先生の関係は薄氷《はくひょう》を踏《ふ》むような脆《もろ》いものだと思わされる。

「輝夜《かぐや》ってそんなに勉強できたっけ？　俺が家にいた時はしょっちゅう泣きつかれて勉強を教えていたのだが」

俺の記憶《きおく》に基《もと》づくイメージとはずいぶん違《ちが》う。

『わたしだってもう中三だよ。本気を出せば余裕《よゆう》だし』

「まずは目の前の中間テストにベストを尽《つ》くせ」

『終わったら買い物を楽しみにしている！』

「はいよ」

『適当な理由でキャンセルはＮＧだよ』

「わかっている」

『じゃあ、電話切るね。パパとお義母《かあ》さんには海外旅行を提案するから、悠《ゆう》くんも今度こそ一緒《いっしょ》に来るように！　ふたり、まだ新婚旅行《しんこんりょこう》に行けていないからきっとオーケーするよ』

「前向きに検討はする」

『玉虫色の返事だね』

「複雑な機微《きび》を察しろ」

『キビってなに⁇』

そこはわからんのか！

輝夜《かぐや》は言いたいことだけ話して、朝食を食べるからと一方的に電話を切った。

「悠凪《ゆうなぎ》くん行くのが嫌《いや》そうだね」

天条《てんじょう》さんは探《さぐ》るような視線を向ける。

「否定はしません」

俺は冷めたお茶を飲む。

「どうして？」

「構うと、こうやってまた輝夜《かぐや》に振《ふ》り回《まわ》されるので。朝から電話なんてかけてきやがって」

「学校に行く前に、昨日のお礼も言いたかったんでしょう？」

「メッセージで十分」

「直接話したかったのよ」

「このままだとゲリラ豪雨《ごうう》みたいに突然《とつぜん》連続して連絡《れんらく》が来ることになるんですよ」

「大げさだな。休み時間くらいならいいんじゃない」

「それくらいで済めばいいですけど」

「輝夜《かぐや》ちゃんだって昼間は授業を受けているでしょう」

「もし俺の様子が変でも見逃《みのが》してくださいね」

「え、そこまで？」

天条《てんじょう》さんは冗談《じょうだん》だと思って真に受けていない。

俺の知っている輝夜《かぐや》なら、先生の甘い想定を軽く超《こ》えてくるだろう。

※※※

先生を先に送り出して、俺もゴミ捨てを済ませてアパートを出る。

連休明けの登校はいまいち気合いが入らない。通勤通学で混雑する電車から解放されると、駅のホームでクラスメイトの久宝院旭《くほういんあきら》が待っていた。

「おはよう、錦《にしき》。今朝ありがとう」

「おはよう、旭《あきら》。遅刻《ちこく》しなくてよかったな」

旭《あきら》のぶっきらぼうな挨拶《あいさつ》に軽く返すと、俺たちはどちらともなく並んで学校へ歩きだす。

ショートカットのよく似合うハッキリとした顔立ちに気の強そうな目元、腰《こし》に巻いたカーディガン、制服の短いスカートから伸《の》びる元陸上部で鍛《きた》えた太ももが眩《まぶ》しい。

いつものように隣《となり》を歩きながら小さく欠伸《あくび》をする。まだ眠《ねむ》そうだ。

「昨夜は寝《ね》るの遅《おそ》かったのか？」

「たぶん九時くらい」

「早っ⁉　小学生かよ。なんでそれで起きられないわけ？」

「睡眠《すいみん》は多いに越《こ》したことはない」

「眠《ねむ》り姫《ひめ》にでもなるつもりかよ」

「それだと電話どころか、キスをされなきゃ起きられないし。錦《にしき》、私にキスしたいの？」

いきなりキスなんて言われたから、つい旭《あきら》の唇《くちびる》を見てしまう。

「久宝院家《くほういんけ》に不法侵入《ふほうしんにゅう》で逮捕《たいほ》されたくないから遠慮《えんりょ》する」

「王子が挫《くじ》けたらおとぎ話が終わるじゃん」

「俺が王子なんて柄《がら》かよ」

「女は好きになったら、どんな相手も素敵《すてき》な王子に見えるらしいよ」

「急いで視力検査をすべきだな」

「そこは脳の検査でしょう」

俺のくだらない冗談《じょうだん》に旭《あきら》もダラダラと乗ってくる。

「……頭だけで考えていたらいい恋愛《れんあい》なんてできないさ」

検査したら確実に異常が見つかるに決まっている。

本気で人を好きになるってのは、よくも悪くもふつうでなんていられない。

「錦《にしき》って意外とロマンチスト」

「すべての恋《こい》に幸福な結末を迎《むか》えてほしいだけさ」

残念ながら叶《かな》わない恋《こい》はある。

それでも傷つくだけで終わりたくない、終わってほしくないと思ってしまう。

「それは間違《まちが》いなくロマンチスト。もしくは夢見がちな愚《おろ》か者《もの》。もっと現実を見ているドライなタイプだと思った」

「俺もそう思ってた」

天条《てんじょう》レイユに恋《こい》するまでは自分もこんな風になるとは思わなかった。

「……好きになるって前向きな誤解だよね」

「誤解、なのか？」

旭《あきら》は深そうなことを言う。

俺は軽口を控《ひか》えて、彼女の言葉に耳を傾《かたむ》ける。

「相手のすべてを理解するのは無理じゃない。どこまでいっても自分勝手な思い込み。正体を知って幻滅《げんめつ》することもあるし、ただ冷めて飽《あ》きることもある」

「なるほど」

「ことわざでもあったよね。なんだっけ？」

「あばたもえくぼ」

確かに好意的な解釈《かいしゃく》はあくまでも主観。

周りに止められても、法律が禁じても、惚《ほ》れる相手は特別になってしまう。

好きという感情は実に不可解で不条理で不合理だ。

「それ。そう考えると一目惚《ひとめぼ》れって結構恐《こわ》くない。見ただけで変なスイッチが入るなんて、なんかキモイ。むしろ呪《のろ》いみたいな？」

鋭《するど》い着眼点だ。

目を奪《うば》われただけで一瞬《いっしゅん》にして心まで奪《うば》われる現象なんて考えてみれば恐《おそ》ろしい。

一目惚《ひとめぼ》れによって自分の感情が縛《しば》られていくなら一種の呪《のろ》いと言えなくもない。

「恋《こい》は呪《のろ》いか。旭《あきら》は慎重派《しんちょうは》なんだな。もっと感覚派だと思っていた」

「そういうのは梨々花《りりか》みたいなタイプでしょう」

旭《あきら》は同じくクラスメイトの中心的女子である黛梨々花《まゆずみりりか》の名前を持ちだす。

「アキアキ、ニッキー！　梨々花《りりか》のことを呼んだね！」

いきなり俺と旭《あきら》の肩《かた》をまとめて抱《だ》いてきて、間から顔を出してきたのはツインテールが目印の黛梨々花《まゆずみりりか》その人だった。

童顔で小柄《こがら》な女子は、にぱーと満面の笑《え》みでご機嫌《きげん》な様子で話しかけてきた。

「梨々花《りりか》、音もなく現れるの止《や》めて」

「びっくりしたぁ。黛《まゆずみ》さん、おはよう」

慣れた様子の旭《あきら》に対して、俺は不意打ちの登場に身を固くしてしまう。

「仲良く並んでいるふたりを発見して、つい。もしかして付き合い出した？」

黛《まゆずみ》さんは瞳《ひとみ》をキラキラさせながら俺たちを見比べる。

「そんなわけない」

旭《あきら》は肩《かた》に置かれた黛《まゆずみ》さんの手をどかす。合わせて俺の肩《かた》から手が外れる。

「ニッキーさんや、アキアキは照れて誤魔化《ごまか》している？」

「黛《まゆずみ》さんが期待しているような進展はないよ」

旭《あきら》の俺に対する取り付く島のなさは見ての通りだ。果たして旭《あきら》が惚《ほ》れるような男は一体どんなやつだろう。

「そうなんだぁ。残念。ふたりはお似合いだから恋人《こいびと》になったら教えてね」

黛《まゆずみ》さんにはそんな風に見えているのか。

まぁ俺も旭《あきら》もそんなに人付き合いが上手ではない。そういうふたりがわざわざ並んでいると勘違《かんちが》いしてしまうのも無理ない。

「梨々花《りりか》。そういうウザい絡《から》み方すると怒《おこ》るよ」

「アキアキ、いつも怒《おこ》っているじゃん」

キャハハと笑うと八重歯が見えた。

黛《まゆずみ》さんのメンタルが強すぎる。わかっていてグイグイ来ていたのか。

旭《あきら》はただでさえ黙《だま》っていると怒《おこ》っているようにも見えるから大抵《たいてい》の子はなんとなく近づけずにいるというのに。黛《まゆずみ》さんは美人過ぎる天条《てんじょう》先生相手にも躊躇《ちゅうちょ》しないのだから、その物怖《ものお》じしなさは羨《うらや》ましくすらある。

「梨々花《りりか》が怒《おこ》らせたんでしょう？」

「あれぇ、もしかして梨々花《りりか》はお邪魔虫《じゃまむし》、だったのかな？」

「そう思うならそうなんでしょう？」

旭《あきら》の片眉《かたまゆ》が吊《つ》り上《あ》がっていた。

「具体的にはどのへん？」

「該当箇所《がいとうかしょ》が多すぎる」

「梨々花《りりか》はいつも通りだよ」

怒《おこ》られているのにどこ吹《ふ》く風。俺と旭《あきら》の間に入ってそのまま歩いている。

黛《まゆずみ》さんは俺たちより小柄《こがら》で歩幅《ほはば》がやや狭《せま》いのか、気持ち早足気味になっていた。それは旭《あきら》が機嫌《きげん》を悪くして早歩きになっているせいもあるのだが。

俺はなんとなく歩くペースを落としてみる。

「――、ニッキー。ペース合わせてくれてありがとう。優《やさ》しいね」

黛《まゆずみ》さんはすぐに気づいて、俺の横に並ぶ。

そのせいで旭《あきら》だけがひとり飛び出す形になってしまう。

旭《あきら》は物言いたげにこちらを振《ふ》り返《かえ》る。

「なんだよ」

「別に」と旭《あきら》はプイと顔を逸《そ》らしながらも、歩くペースを合わせた。

「このさり気なさがニッキーのモテる理由だよね」

「モテるならさっさと恋人《こいびと》をつくればいいのに」

「あれれ、アキアキはそれでいいのぉ？」

「梨々花《りりか》、ウザイ」

「きゃあーニッキー、アキアキが恐《こわ》い」

黛《まゆずみ》さんは俺を盾《たて》にするように端《はし》に回りこんだ。

クラス中を探しても旭《あきら》をからかうことができるのは黛《まゆずみ》さんくらいだろう。

と、俺のスマホからメッセージの着信音が鳴った。

確認《かくにん》せずに歩いているとそのまま連続して送られてくる。これは確認《かくにん》するまでもなく輝夜《かぐや》だろう。

「ニッキー確認《かくにん》しなくていいの？　梨々花《りりか》はアキアキと遊んでいるから気にしないで」

「梨々花《りりか》こそ私を気にしなさいよ」

「えー梨々花《りりか》はこんなにアキアキのこと好きなのにぃ」

なんだかんだ久宝院旭《くほういんあきら》と黛梨々花《まゆずみりりか》は息の合ったいい友人なんだろう。

と、俺がふたりの関係性を確かめ合っている間もメッセージは送られ続ける。

「連投されすぎない？　迷惑《めいわく》メール？」

「実は彼女ができた」

黛《まゆずみ》さんを見ていて、俺も思わずからかってみたくなった。

「嘘《うそ》ッ⁉」

旭《あきら》は通学路を歩く生徒が全員こちらを見るような大声で驚《おどろ》いていた。

「もちろん嘘《うそ》だけどさ」

すぐさまネタバラシ。

「ニッキー、やるねぇ」と黛《まゆずみ》さんは面白《おもしろ》がっていた。

「つまんないこと言うな！」

カバンで叩《たた》かれて、旭《あきら》はそのままコンビニへ入っていった。

「あーあーあれは本気で怒《おこ》ってる」

「黛《まゆずみ》さんは旭《あきら》のことがよくわかっているね」

旭《あきら》が買い物を済ませるまで俺と黛《まゆずみ》さんはコンビニの前で立ち話をしながら待っていた。

いつもならば旭《あきら》は、モーニングコールのお礼にチョコバーを渡《わた》してくれる。

だが自分のチュッパチャップスを咥《くわ》えると、そのまま行ってしまう。

どうやらご機嫌《きげん》は直っていないようだ。

「アキアキ可愛《かわい》い」

その後ろを黛《まゆずみ》さんはすぐに追いかけていく。

俺はどうやら黛《まゆずみ》さんほど旭《あきら》を上手にからかえないようだ。

「ゴールデンウィークが終わって、いよいよ中間テストです。しっかりと頭を切《き》り替《か》えて学業に集中するように。まだお休みモードの人は早く生活リズムを直しなさい。ここで出遅《でおく》れると後々に響《ひび》くから、巻き返すのに苦労するよ。一学期なんてあっという間に終わるんだから」

休み明け一発目の朝のホームルームで我らが担任、天条《てんじょう》レイユ先生は発破をかける。

数日前まで熱で寝《ね》こんでいたとは思えない堂々たる姿。

教壇《きょうだん》からクラスを見渡《みわた》す眼差《まなざ》しは凛々《りり》しささえある。

俺は最前列の席で見上げながら惚《ほ》れ惚《ぼ》れしてしまう。

うっとりと先生のスピーチに耳を傾《かたむ》けていたいところだが、今日の俺には無理だった。

「錦《にしき》くーん、なんか落ち着きがないよ」

天条《てんじょう》先生も俺の異変に気づき、注意されてしまう。

うっかり制服の内ポケットに入れたままのスマホがマナーモードのまま震《ふる》える。俺はその度に表情をしかめてしまう。

案の定、輝夜《かぐや》からメッセージが来るようになってしまった。

向こうもホームルーム中のはずなのに、なぜお構いなしに連投で送ってくるのか。

「すみません」

その間も俺の胸元《むなもと》は震《ふる》え続《つづ》けていた。

やんわりと注意する天条《てんじょう》先生は、俺の異変の原因が輝夜《かぐや》だと察しているだろう。

「みんなも学校にいる間は勉強に集中するためにもメリハリをつけようね。特にスマホの扱《あつか》いはきちんとすること。授業中の邪魔《じゃま》にならないように」

天条《てんじょう》先生が呼びかけると、クラス全体が「はーい」と声を揃《そろ》える。

ホームルームが終わってスマホを見れば、その受信件数の多さに辟易《へきえき》してしまう。

内容も行ってみたいお店のリンクや、返答に困るような取るに足らないもの、絶対思いつきで送ったものなど玉石混交。いちいち全部に返信していたら、なにもできなくなってしまう。

輝夜《かぐや》のやつ、学校になにしに行っているんだ。

「錦《にしき》くん、トラブルとかじゃないよね?」

教師モードの天条《てんじょう》先生はさり気なく様子を窺《うかが》う。

「いっぱいメッセージが届く以外は問題ありませんよ。モバイルバッテリーも今日は持ってきてあるので」

スマホのバッテリー残量がみるみる減っている。

安易に大丈夫《だいじょうぶ》だと思っていた天条《てんじょう》さんも、実情を見せられて心配そうだ。

「な、慣れているのね」

「よっぽど不都合が出たら相談させてください」
「いつでも遠慮《えんりょ》なく」
「頼《たの》もしい。天条《てんじょう》先生は教師の鑑《かがみ》ですね」
「お世辞は結構。生徒の困り事を手助けするのが教師の役目だから」
先生が出ていってから一時間目までのわずかな時間で俺は返事をする。
悠凪《ゆうなぎ》：学校にいるんだから連絡《れんらく》は控《ひか》えろ。
輝夜《かぐや》：あ、やっと返事くれた。遅《おそ》いよ！
悠凪《ゆうなぎ》：そっちは多すぎる。わんこそばかよ。
輝夜《かぐや》：ウケる。
悠凪《ゆうなぎ》：ぜんぶは読み切れん。
輝夜《かぐや》：連絡《れんらく》はもっとマメにならないと、女の子から愛想尽《あいそつ》かされるよ。
悠凪《ゆうなぎ》：お好きにどうぞ。
輝夜《かぐや》：わたしは悠《ゆう》くんを嫌《きら》いになれないもん。
悠凪《ゆうなぎ》：ブラコンも程々《ほどほど》に。
輝夜《かぐや》：シスコンになってくれてもいいよ。
悠凪《ゆうなぎ》：それで輝夜《かぐや》が落ち着くなら一考の余地アリ。
輝夜《かぐや》：なるなる！　超《ちょう》なるよ！　だからシスコンになって！

悠凪《ゆうなぎ》：……落ち着きの欠片《かけら》も感じられんぞ。

こんな調子で休み時間のたびにメッセージのやりとりをして、気づいたら昼休み。

「錦《にしき》。なんで今日はずっとスマホをいじっているの？」

「ニッキーの恋人《こいびと》ってもしかして連絡途絶《れんらくとだ》えると病《や》んじゃうタイプ？　鬼電《おにでん》されてノイローゼになっちゃう的な？」

旭《あきら》と黛《まゆずみ》さんが声をかけてきた。

「黛《まゆずみ》さん。朝のネタ、まだ引っ張るの？」

「ダメ？」

黛《まゆずみ》さんの口元が笑っている。

俺が自分の失言を悔《く》いている横で旭《あきら》は呆《あき》れていた。

一応話しかけてくれるくらいには機嫌《きげん》は元《もど》に戻ったのだろう。

「恋人《こいびと》はいないし、連絡《れんらく》してきたのは家族だ」

「緊急《きんきゅう》の用事？」

「いや、まったくもって不要不急の内容」

「じゃあ無視すればいいのに」

「アキアキ、手厳しいッ⁉　さすがひとりっ子」

黛《まゆずみ》さんがすかさずツッコむ。

「別に身内なんだから多少雑に扱《あつか》ったところで大したことないでしょう。私なんてパパの連絡《れんらく》は基本無視だし」

　思春期の娘《むすめ》の残酷《ざんこく》さよ。お父さんにも優《やさ》しくしてあげて！

「ま、これまでスルーしてきたツケで無視するのは難しいかな」

「ひとり暮らしも大変ね。家族が嫌《きら》いなの？」

「……そうじゃないから困るんだ」

「ふーん」

　旭《あきら》は意味ありげにこちらを見てくる。

「なんだよ」

「錦《にしき》がまーた余計な苦労をしているみたいだからさ」

「おいおい、発言には気をつけた方がいい。旭《あきら》もその中のひとりだろう」

「言っておくけど私のモーニングコールは錦《にしき》が言い出したことだから！　キャンセルは絶対に受けつけない」

　旭《あきら》はムキになって反論する。

「朝も聞いたし、わかっている。俺だって同級生が留年や退学されるのはさびしいからな。それに、困る人もいるから」

「同級生……」と旭《あきら》はそれ以上黙《だま》ってしまう。

「ニッキーって無自覚に沼《ぬま》に沈《しず》めるタイプだよね。もしも束縛《そくばく》の厳しい恋人《こいびと》ができても全力で対応するから、余計に相手が依存《いぞん》して脱《ぬ》け出《だ》せなくなりそう」

うわぁ、というちょっと引き気味だった。

「えらい具体的な想定だね」

「優《やさ》しさも時に罪ってことさ、ニッキー」

心外だな。俺が望むのは自立した関係だ。

「私ならノイローゼになりそう。適度に放っておいてほしい。そもそも義務感で連絡《れんらく》を返すのって苦痛じゃない？」

旭《あきら》は絶対無理とばかりに自分の身体《からだ》を抱《だ》く。

「世の中には常に繋《つな》がっていないと不安な子がいるもんなんだよ」

黛《まゆずみ》さんは訳知り顔だった。

彼女は友達も多く、交友関係も広いからそういうタイプの人とも付き合いがあるんだろう。

「うわ、そういうタイプとは絶対に仲良くなれない」

「アキアキは群れなくても大丈夫《だいじょうぶ》だもんね」

「わかっているなら私に絡《から》んでくるな」

「もう照れ屋さんなんだから」

旭《あきら》の塩対応にも黛《まゆずみ》さんは気にしない。

「まぁ、旭《あきら》がうちの義妹《いもうと》に会う機会はないだろうからな」

「え、連絡《れんらく》相手って妹さんなの。先に言ってよ」

「あれ、言わなかったっけ？」

「ニッキー、梨々花《りりか》も初耳だよ」

黛《まゆずみ》さんが言うのだから、俺は言いそびれていたのだろう。

「別に錦《にしき》の妹と仲良くなれないって言ったわけじゃないから！　そこは誤解しないで！」

旭《あきら》は血相を変えて訂正《ていせい》する。

「なんでニッキーの妹さんから連絡《れんらく》が急に増えたの？」

「昨夜突然《とつぜん》うちに押しかけてきてさ」

「えーゴールデンウィークの最後に兄妹《きょうだい》で過ごすなんて、めっちゃ仲良しじゃん」

正確には我らが担任、天条《てんじょう》レイユも交えたピザパーティーである。

「たまたまね。それまでは家でのんびりしてたから」

「え、ぼっち可哀想《かわいそう》。知ってたら遊びに誘《さそ》ったのに！」

暇《ひま》していたと思われたのか、黛《まゆずみ》さんから急に同情されていた。

担任の風邪《かぜ》の看病をしていた、とは正直に言う訳にもいかない。それ以外は普段《ふだん》できない所の家の掃除《そうじ》などで時間はあっという間に過ぎていった。

「そうだ、中間テスト明けの休みでどこか遊びに行こうよ！」

「俺は大丈夫《だいじょうぶ》だって。黛《まゆずみ》さんだって他に遊ぶ友達ならいくらでもいるでしょう？」

「梨々花《りりか》はニッキーと遊びたいの。アキアキも一緒《いっしょ》に、ね！」

「え、私は……」

「断るとニッキーと梨々花《りりか》でふたりきりのデートになっちゃうけど？」

俺が行く前提で勝手に話が進んでいく。

「わかった。私も新しい服とか欲《ほ》しかったし、買い物なら付き合う」

旭《あきら》は仕方ないという態度をとりながら、さり気なく自分の要望を挟《はさ》んでくる。

「決定！　さぁどこに行こうか？」

黛《まゆずみ》さんは慣れた様子で仕切っていく。こういう幹事ができる人がいると圧倒的《あっとうてき》に助かる。

とはいえ、だ。

「ごめん。中間テスト明けは先約があるんだ。また別の機会にでも誘《さそ》ってくれ」

「そうなんだ。じゃあ買い物は梨々花《りりか》とアキアキのふたりで行こう」

「え、錦《にしきこ》が来れないなら中止で……」

「大勢がいいなら他の子も誘《さそ》うけど？」と黛《まゆずみ》さんはスマホを取り出す。

黛《まゆずみ》さんが一声かければいくらでも集まりそうだ。

「大丈夫《だいじょうぶ》！　ふたりでいい。ふたりがいいです！」

旭《あきら》は慌《あわ》てて制止した。

俺は昼食を買うために会話を切り上げて席を立つと、なぜか旭《あきら》の恨《うら》みがましい視線で送り出された。

※※※

「中間テストが終わるまではアタシの食事は作らなくていいよ」

試験の一週間前は勉強に集中しなさいという天条《てんじょう》さんからのお達しだ。

教師として生徒の勉強時間を奪《うば》うわけにはいかない。

大人として絶対に譲《ゆず》らず、そこに交渉《こうしょう》の余地はなかった。

かくして俺は学業に専念する——はずだった。

『聞いている、悠《ゆう》くん？　それでね』

「あのさ、輝夜《かぐや》。俺の邪魔《じゃま》をして楽しい？　そろそろ勉強に戻《もど》らせて」

スマホの通話を繋《つな》ぎっぱなしで、かれこれ数十分こんな調子だ。

『テスト前に慌《あわ》てたって身につかないよ』

「人生、悪あがきは大事だ」

諦《あきら》めることはいつでもできる。たとえ地味でダサくても根気よく積み重ねた結果、高い所に行けるかもしれない。継続《けいぞく》は力なり。

『テストの五分前で十分』

「それだと高得点は難しい」

『赤点回避《かいひ》できればいいじゃない』

「俺はそれだけじゃ足りないの」

生活費を出してもらっている実父と、学業はきちんと頑張《がんば》ると約束した。それを反故《ほご》にすることがあれば俺は今の生活をできなくなってしまう。

すなわち、天条《てんじょう》レイユとのお隣同士《となりどうし》ではいられないことを意味する。

それは絶対に嫌《いや》だった。

なにがなんでも俺は今の生活スタイルを守ってみせる。

『……悠《ゆう》くん、ひとりで頑張《がんば》りすぎ』

「ふつうなことだ」

『できる範囲《はんい》で満足できないの？』

「できない」

『背伸《せの》びしすぎると疲《つか》れちゃうよ』

「成長期のやつに言われてもな」

『初めて会った時からわたしには悠《ゆう》くんが大人に見えたよ。家事はなんでもできるし、一生《いっしょう》懸命《けんめい》に勉強して成績もいい。お義母《かあ》さんにとっては頼《たよ》れる理想の息子《むすこ》だもの』

「……よく見ていたんだな」

『ずっと一緒《いっしょ》だったもの』

輝夜《かぐや》はそれが誇《ほこ》らしげだった。

『だから、わたしも同じように頼《たよ》った。悠《ゆう》くんに頼《たよ》りすぎちゃったのかも』

「ついこの間まで小学生だったんだろう。家にいる年上の人間に頼《たよ》るのはふつうだぞ」

兄が小さな妹の面倒《めんどう》を見るのは当然じゃないか。

『でも、悠《ゆう》くんだってあの頃《ころ》はまだ中学生だった』

「今さらどうした。年の差は変わらんだろう」

『変わらないけど、変えたいこともあるの』

「そうしたら輝夜《かぐや》にはぜひしとやかな大人の女性になってもらいたいな」

『それが悠《ゆう》くんの好きなタイプなの？』

「いや、特にそういうわけでは」

『――もういい、寝《ね》る！』

急に電話が切られた。

相変わらずの気分屋だな。

さて、再び教科書とノートに向き合おうとしたところでメッセージを受信する。

レイユ：ちゃんと集中しなさい。

このアパートの壁《かべ》は薄《うす》いから、どうやら話し声が隣《となり》の部屋に漏《も》れていた。

「…………」と俺は思い立って天条《てんじょう》さんに電話をかけてみる。

「うるさくしてすみません」

『電話かけてきたら意味がないでしょう。せっかく食事だって休止しているのが無駄《むだ》になる』

叱《しか》られながらも俺は思わず嬉《うれ》しくなってしまう。

「天条《てんじょう》さんのお願いなら俺はいくらでも叶《かな》えてみせますよ」

『教師のアタシが君の時間を奪《うば》うのは職業倫理的《しょくぎょうりんりてき》にアウト』

「家に帰っても生徒の心配は大変ですね」

『こう見えて責任は感じているのよ』

先ほどまでの電話の相手が輝夜《かぐや》であることを察しているようだ。

「昔から輝夜《かぐや》はあんな感じなので、気にしないでください」

『けど……』

生活が義妹《いもうと》に侵略《しんりゃく》されている。

『いっそ開き直って輝夜《かぐや》ちゃんに事情を話したらどうだろう？　その上で黙《だま》ってもらうことはできないの？』

「難しいですね。あの子の希望は、俺が家に戻《もど》ることです。むしろ高校生は親元で暮らすのが一般的《いっぱんてき》なんですから、俺を連《つ》れ戻《もど》す格好の口実になるだけです」

輝夜《かぐや》の主張の方が遥《はる》かに正当性はある。

『それはわかっているけど……義妹《いもうと》相手にそこまで身構えなきゃいけないの？　その、悠凪《ゆうなぎ》くんはどうも家に帰るのを嫌《いや》がっているように見えて』

天条《てんじょう》さんは遠慮《えんりょ》がちに切り出す。

「そりゃ、せっかくのひとり暮らしの自由を手放すなんて」

『それだけ？』

「俺が弱みを握《にぎ》られて、輝夜《かぐや》に脅《おど》されます」

半ば冗談《じょうだん》、半ば本気。

輝夜《かぐや》がこちらの事情を察して黙《だま》ってくれるとは到底《とうてい》思えないし、その義理もない。

『義妹《いもうと》なのに？』

「義妹《いもうと》だからですよ」

『なにか君は家に戻《もど》りたくない理由でもあるんじゃない？』

輝夜《かぐや》が来て以来、天条《てんじょう》さんは妙《みょう》にそのあたりのことを気にしているようだった。

「そりゃ天条《てんじょう》さんが隣《となり》にいるから」

『アタシのことは置いておいて、君自身に関わる問題として』

「別にカウンセリングなんて頼《たの》んでません」

『もしかして、こじれているのって悠凪《ゆうなぎ》くんの方にも原因があったりしないの？』

「俺が悪いって言うんですか⁉」

思わずムキになった声が出てしまう。

「すみません。とにかく特に話すことはありません。テスト勉強に戻《もど》ります」

『アタシも余計なお節介《せっかい》だったかもね。ごめん』

通話が切れても、俺の口には苦いものがいっぱいに広がっているような気分だった。

※※※

ついに三日間の中間テストが始まった。

どの科目も手ごたえはそこそこ。赤点は回避《かいひ》できた気がする。

二日目、最後の科目は日本史。

これだけは天条《てんじょう》先生が教えてくれる教科だからかなり気合いを入れて勉強した。

試験官でもある天条《てんじょう》先生に見守られる中、俺は答案用紙を次々に埋《う》めていく。

試験《しけん》終了《しゅうりょう》を告げるチャイムが鳴った時、俺は満点を確信した。やはり愛の力は偉大《いだい》だ。

天条《てんじょう》先生は答案用紙を回収して、そのまま帰りのホームルームに。

「中間テストもあと一日。最後まで気を抜《ぬ》かずにしっかりね」

クラス全体へのエールで締《し》めて本日は終了《しゅうりょう》。

「錦《にしき》くん、ちょっと顔色悪いけど具合でも悪いの？」

声をかけてきたのは天条《てんじょう》先生だった。

「一夜漬《いちやづ》けをしたので寝不足《ねぶそく》なだけです」

「そんな準備不足だったの？」

「日本史でどうしても百点を獲《と》りたかったので」

「満点宣言とは強気だね」

「先生も採点を楽しみにしていてください」

会話が途《と》切《ぎ》れる。

天条《てんじょう》先生はなにか言いたげな顔をしているが、次の言葉が出てこない。

「？　先生、用件があるなら聞きますけど」

俺が促《うなが》したところで、女子生徒が会話に割りこんでくる。

「レイユちゃん先生、まだ時間かかるかな？　一瞬《いっしゅん》だけニッキーを借りてもいい？」

黛《まゆずみ》さんは旭《あきら》を連れて近づいてくる。

「どうぞ。アタシはもう済んだから」

天条《てんじょう》先生は遠慮《えんりょ》するように会話の手番を譲《ゆず》って、教室を出ていってしまう。

「ニッキー、アキアキとランチを食べに行かない？　ファミレスやファーストフードで、明日の古文を教えておくれよ！　文系科目は得意だったでしょう？」

「いいけど教科書やノートは持ってきてないぞ」

カバンには今日のテスト科目の教材しか入れていない。

「私たちの使って教えてくれればいい」

旭《あきら》がぶっきらぼうに言う。

「わかった。ふたりとも古文は苦手なんだな」

旭《あきら》は数学が得意そうだし、やはり理数系なんだろうか。

「そうなんよぉ。一応日本語のくせにマジわからんちんでさぁ。変格活用とかなんなの！　気軽に変わんないでほしいよね。常に現代語訳プリーズ！」

黛《まゆずみ》さんはお手上げとばかりに弱気だった。

「じゃあ混む前にさっさと行こう」

「旭《あきら》が仕切るなんて珍《めずら》しいな。腹ペコなのか？」

「うるさい。早く用意しろ」

「へいへい」

自分のカバンを担《かつ》ごうとして、先ほどの天条《てんじょう》先生の意味深な反応が引っかかっていた。

なにか急ぎの用事でもあったのだろうか。

今は朝晩の食事をしていないから、学校以外での日々の会話が少ない。必要な連絡《れんらく》があればメッセージなり電話で伝えてくれるだろうが、わざわざ話しかけてきたのが妙《みょう》に気になる。

「……悪い、先に行っててくれ。店の場所が決まったらスマホに教えて。すぐ追いつく！」

「え、錦《にしき》！　どこ行くの？」

「俺の方が先生に用事あった！」

経験的に気になることを先送りにするとロクなことがない。

俺は直感に従って、急いで天条《てんじょう》先生の後を追いかけた。

階段を飛び降りるように下って、天条《てんじょう》先生の後ろ姿を探す。

スマホで直接連絡《れんらく》すれば早いだろうが、学内で教師と生徒が個人的に通じているのは外聞が悪い。

途中《とちゅう》、見当たらなかったので職員室まで向かう。

だが、そこにも天条《てんじょう》先生はいない。

他の先生に行き先を訊《たず》ねると、水泳部の部室へ行ったそうだ。

俺は学内敷地《しきち》の端《はし》にあるプールを目指す。試験期間中の校舎内は生徒がほとんどいないから昼休みでも廊下《ろうか》が空《す》いていた。大半が下校しているから人にぶつかる心配もせず走れる。

日差しの差しこむ渡《わた》り廊下《ろうか》は白いトンネルのように眩《まぶ》しい。

人気のない静かな廊下《ろうか》を走るのは空間を独占《どくせん》しているみたいで愉快《ゆかい》だ。

俺の足音だけが軽快に響《ひび》く。

そうして体育館の横を通ったところで、ドリブルの音と注意する声が聞こえた。

思わず足を止めて、こっそり中を覗《のぞ》く。

「こら！　試験期間は体育館の使用は禁止よ！」

天条《てんじょう》先生は、体育館でこっそり遊んでいる生徒たちを注意していた。

我が校が誇《ほこ》る美人教師は仁王立《におうだ》ちで圧倒的《あっとうてき》な存在感を放つ。

その圧にはヤンチャな運動部っぽい雰囲気《ふんいき》の上級生たちも渋々《しぶしぶ》従って、体育倉庫にボールを戻《もど》しにいく。どうやら試験の息抜《いきぬ》きでバスケをしていたようだ。

「ダラダラしない！　返したら今すぐ帰る！」

先生の一喝《いっかつ》に尻《しり》を叩《たた》かれるように、上級生たちはボールを体育倉庫に放り投げると蜘蛛《くも》の子を散らすように慌《あわ》てて体育館から出ていった。

「ちゃんとしまっていけ！　クラスと名前を名乗れ！」

すみませーん、と彼らは入り口にいた俺にも気づかず全速力で逃《に》げ出《だ》した。

「まったく」

おかんむりな先生。

その背後から足音を殺して近づく。

広い体育館には、俺たちふたりだけだ。

「天条《てんじょう》先生、厳しい〜〜」

「なんですって⁉」

俺が茶化すと、恐《こわ》い顔で振《ふ》り返《かえ》った。

うぉ、美人がキレていると迫力《はくりょく》が違《ちが》う。異様に目力が強く、俺も思わずビビってしまう。

「錦《にしき》くん、ここでなにしているの？」

先生も俺の登場に驚《おどろ》いていた。

「なんか教室で話したそうだったので気になって探してたんです」

「よく見つけたね」

「先生の声は通るので。それにしても結構容赦《ようしゃ》がないんですね」

「教師が舐《な》められたら負けでしょう」

片方の手を腰《こし》に当て、なんてことないという様子だ。

無論、それなりの進学校である輝陽《きよう》高校には警察にしょっちゅう世話になるようなヤンチャな不良はいないはずだ。

「相手は体育会系の男子だったからトラブルになりそうなら俺も飛び出すところでした」

「今ここは学校。ちゃんと切《き》り替《か》えなさい、錦《にしき》くん」

「はい」

わかっている。ただの杞憂《きゆう》だ。

それでも俺の立場的にどうしても心配してしまう。殴《なぐ》り合《あ》いの喧嘩《けんか》なんてロクにしたことないが、いざとなれば拳《こぶし》を握《にぎ》る覚悟《かくご》はできているつもりだ。

すべての人間が聞き分けいいわけではない。

自分が悪いにも拘《かかわ》らず己《おのれ》の非を認めないで逆ギレする厚かましい輩《やから》もいるのだ。

大切な人に累《るい》を及《およ》ぼすなら、俺は全力で守ってみせる。

「だけど心配してくれてありがとう」

彼女は長い髪《かみ》を揺《ゆ》らして背中を向けて、体育倉庫の中へ入っていく。

「あーやっぱり適当に放り投げたな」

バスケットボールが籠《かご》に入っておらず、埃《ほこり》っぽい床《ゆか》に転がっていた。

天条《てんじょう》先生は仕方ないとばかりに拾い上げていく。

俺も手伝い、奥の方に転がっていたボールを見つけた。

「それで先生、さっきなにを話そうとしていたんですか？」

俺は拾ったボールを手元で弄《もてあそ》ぶ。

「ま、ここなら他の人に聞かれることもないか」

天条《てんじょう》レイユは教師モードの空気を緩《ゆる》めて、お隣《となり》のお姉さんの気さくさを表に出す。

「ここ数日の君の様子がちょっと気がかりでね」

「昨夜以外はちゃんと夜には寝《ね》ましたよ」

確かに今日は寝《ね》たのが朝方だったので寝坊《ねぼう》してしまい、旭《あきら》へのモーニングコールも忘れると
ころだった。朝食を食べずに家を出たので、俺も行きがけに旭《あきら》とコンビニで食料を買った。

旭《あきら》は今日も律儀《りちぎ》にチョコバーを俺に一本おごってくれた。

「そうそう睡眠《すいみん》は大事。けど、なんとなく表情が晴れないように見えるんだよね」

「気のせいじゃないですか？」

「それならそれで構わないんだけど、心当たりはあるからさ」

天条《てんじょう》先生はいまいち歯切れが悪い。

「輝夜《かぐや》のことですか？　別になにもありません」

「アタシにはそう見えない。悩《なや》み事があるなら話してよ」

「家庭の事情に高校教師が首を突《つ》っこむんですか？」

「それで生徒が救われるなら、そうするわ」

天条《てんじょう》先生は迷わない。

「生徒《せいと》想《おも》いの熱い先生ですね」

「錦《にしき》くん、都合が悪くなると皮肉で話を逸《そ》らそうとするよね」

「口が悪いだけです」

「アタシが頼《たよ》ったお隣《となり》さんは、そんな薄《うす》っぺらい男じゃない」

こっちが斜《しゃ》に構えているのが恥《は》ずかしくなるほど、あんまりにも真《ま》っ直《す》ぐな言葉だった。

俺が次の台詞《せりふ》を探していると、体育倉庫の外から足音と声が聞こえる。

「誰《だれ》か来た⁉」

「⁉ 隠《かく》れて！」

天条《てんじょう》先生は俺をマットの上に押し倒す。

その拍子《ひょうし》に折り重なるように倒《たお》れてしまう。

息をひそめ、気配を殺し、身動きをとれないまま固まる。

彼女が近かった。

俺の上に覆《おお》いかぶさるようにして、天条《てんじょう》先生の顔がすぐ目の前にある。

その大きな瞳《ひとみ》に俺の顔が映りこむ。

息遣《いきづか》いさえ聞こえるほどの距離《きょり》で何度見ても、天条《てんじょう》レイユは美しい。

いつぞやの雨の夕方、天条《てんじょう》さんの部屋で彼女をベッドの上に押し倒した時のことが一瞬《いっしゅん》にして蘇《よみがえ》る。あの時の己《おのれ》の迂闊《うかつ》な振《ふ》る舞《ま》いを思い返し、急いで離《はな》れようとした。

「ダメ、動かないで！」

小さく叱《しか》られる。

天条《てんじょう》先生の細腕《ほそうで》がプルプルと震《ふる》えていた。

どちらかが下手に動けば物音で気づかれる。

仰向《あおむ》けの俺は大人しく下で固まっているしかない。

もしも教師と生徒が重なり合う状況《じょうきょう》が見つかってしまえば、多大なる誤解を呼ぶのは必至。

絶対にバレるわけにはいかない。

同時に、俺はある驚愕《きょうがく》の事実に気づいてしまう。

「ラッキー、天条《てんじょう》先生はもう帰っている」「アブねぇ。やっぱり鍵《かぎ》を閉め忘れていた」「バレたらまたキレられるぜ」「さっさと閉じて行くぞ」

先ほど注意した上級生たちが戻《もど》ってきて、体育倉庫の扉《とびら》を施錠《せじょう》しに来たようだ。

だが、そんなことなど今はどうでもいい。

俺は重力という見えない力の存在を嫌《いや》というほど体感する。

先生の豊満な胸が俺の上に乗っかっているのだ。

大きくてやわらかい塊《かたまり》が、どっかりと俺の胸板《むないた》に密着している。

意識は否応《いやおう》なく己《おのれ》の胸部に集中してしまう。

果たして今は天国か地獄《じごく》か。

俺はこのどうしようもない均衡《きんこう》を保つべく、微動《びどう》だしないように必死だった。

だが、この体勢は刺激《しげき》が多すぎる。

堪《こら》えるような先生のかすかな熱い吐息《といき》、汗《あせ》ばんだ肌《はだ》、女性的な甘い匂《にお》い、そして胸元《むなもと》に感じるのは布越《ぬのご》しでもわかる驚異《きょうい》の重量感。

ヤバい。物理《ぶつり》的接触《せっしょく》の破壊力《はかいりょく》をまざまざと実感する。

己《おのれ》の理性が秒速で削《けず》り取《と》られていき、本能がマグマのように噴火《ふんか》しようとしていた。

「出ちゃダメなんですか？」

「我慢《がまん》しなさい。アタシだって限界が近いんだから」

「けど、ピンチです」

「あと少し」

「無理です」

「出て、どう言い訳するのよ？」

「不慮《ふりよ》の事故だって」

「それで通用すると思っているの？」

「天条《てんじよう》さんが押し倒さなければ」

「慌《あわ》ててたんだから仕方ないでしょう！」

小声で言い合いをしていると、ガチャンと重たい施《せ》錠音《じようおん》が聞こえた。

扉《とびら》の前の気配が遠ざかると、天条《てんじよう》先生は慎重《しんちよう》に身を起こす。

「ふぅ、バレなくてよかった」

「俺はどうにかなりそうでした」

思わず体育座りしてしまう。危なかった。

「なんで錦《にしき》くんはそんな憂鬱《ゆううつ》そうなの？」

「無視してください。それより体育倉庫に閉じこめられちゃいましたよ」

「……どうしよう」

天条《てんじょう》先生の顔が青ざめる。

「なんで隠《かく》れちゃったんですか！　ふつうにボールを片づけるのを俺に手伝わせている態度でいれば問題なかったでしょう！」

「だ、だって急だったから。ふたりでいるのがバレたらマズイと思っちゃったんだもん……ごめんなさい」

この人、慌《あわ》てると変なミスをするよなぁ。

「先生、スマホあります？」

「職員室に置いてきちゃった。錦《にしき》くんは？」

「俺もカバンの中です」

俺たちは体育倉庫の中を調べて、自力で脱出《だっしゅつ》できる場所を探した。だが、扉《とびら》や窓はどこも難しそうだ。

「結構ヤバくない？　用務員さんとか気づいてくれるかな」

「あとは俺がファミレスへ一向に現れないことで業《ごう》を煮《に》やした旭《あきら》と黛《まゆずみ》さんが、探し当ててくれることを祈《いの》るくらいしか」

「どっちにしてもこのふたりきりの状況《じょうきょう》をどうやって言い訳しよう⁉　あーわざわざ隣人協定《りんじんきょうてい》なんて結んだのに、これじゃあ意味ないよ」

天条《てんじょう》さんは頭を抱《かか》えていた。

「大人しく助けを待ちながら、上手《うま》い言い訳でも考えましょう」

俺はお手上げとばかりにマットへ寝《ね》ころぶと、腹の虫が鳴ってしまう。

「もうとっくにお昼だもんね。アタシもお腹減《なか》った」

天条《てんじょう》先生も隣《となり》でへたり込むように座った。

「なんか飴《あめ》でも持っていれば」と自分の胸ポケットを探《さぐ》ると、チョコバーが出てきた。そうだ、旭《あきら》から今朝貰《もら》ってそのまま入れっぱなしだったのを忘れていた。

「先生、とりあえずこれ食べて気を紛《まぎ》らわせましょう」

チョコバーを半分に割って、先生に渡《わた》す。

「ありがとう。甘さが沁《し》みるな」

しみじみと味わう。口の中はすっかり甘いが、空腹は多少マシになった。

「先生。テスト終わったら、食べたいものあります？」

暇潰《ひまつぶ》しに夕飯のリクエストを訊《たず》ねる。

「鶏《とり》の唐揚《からあ》げ」

「いいですね。にんにくの効いた濃《こ》い目《め》の味つけでたくさん揚《あ》げましょう」

「最高。よだれが止まらない」

気の抜《ぬ》けた雑談を続けるが、助けどころか人の気配が一向に感じられない。

時間の進み方も心なしか遅《おそ》く感じる。

「これは持久戦を覚悟《かくご》しなきゃですね」

そのうちトイレの問題も発生するだろう。日が暮れるまでには発見されたい。

埃《ほこり》っぽい空気の中、それでも隣《となり》に天条《てんじょう》先生がいるのは心強かった。

「ねぇ、錦《にしき》くん。いい機会だから教えてくれない」

「なにをです？」

「君は輝夜《かぐや》ちゃんの告白が原因で、ひとり暮らしを決めたの？　あなたたち兄妹《きょうだい》にどんなことがあって、今の変な距離感《きょりかん》になったのか。その経緯《けいい》をアタシは知りたい」

真剣《しんけん》な声で切り出された。

「変な距離感《きょりかん》って？」

「君は困っているのに、近づくのを許している」

「単に輝夜《かぐや》が馴《な》れ馴《な》れしくて、俺が我慢《がまん》しているだけですよ」

「我慢《がまん》、しているんだ」

天条《てんじょう》先生は俺の何気ない言葉のひとつひとつを冷静に拾ってくれる。

それだけで聞き手として信頼《しんらい》できた。

「個人面談を頼《たの》んだ覚えはないんだけどな」

「これは天条《てんじょう》レイユ個人としての興味。将来のためにもちゃんと知っておきたいし、アタシは輝夜《かぐや》ちゃんとも本物の姉妹《しまい》みたいに仲良くなりたいんだ」

そんな風に言われたら答えないわけにはいかない。

「教えてくれないなら、ここで悲鳴を上げるから」

「どんな脅《おど》し方ですか？　強引《ごういん》すぎません？」

社会的死を覚悟《かくご》した要求に困惑《こんわく》する。

「こっちは捨て身覚悟《かくご》で訊《き》いているの。それだけ本気よ。さぁ、どうする？」

あぁ、本人も顔を真っ赤にして虚勢《きょせい》を張っている。

「じゃあ俺もやけになって先生を襲《おそ》ってもいいんですか？」

「え⁉　そこまでするの？」

「…………」

「黙《だま》らないでよ！」

必死な顔で逃《に》げそうになるのを堪《こら》えているのも、いじらしくてかわいらしい。

「これくらいの至近距離《しきんきより》なら、俺も多少は慣れましたからね。先生には抱《だ》きつかれたり、膝《ひざ》枕《まくら》してもらったり、水着で迫《せま》られたり一緒《いっしょ》に寝《ね》たりしているんですよ」

「なんか客観的に聞いているとアタシが痴女《ちじょ》みたい」

羞恥心《しゅうちしん》で今にも爆発《ばくはつ》してしまいそうだった。

「俺としては正直嬉《うれ》しいですけど」

「それなら、いいけど」

いいんだ⁉

どこまでこの人はナチュラルに男心をくすぐるのか。

俺、ほんとうに男女の関係になったら歯止めが利《き》かなくなる気がする。

こんなピュアで美しい女性がよくぞ今まで変な男に捕《つか》まらずに済んだな、と神様に感謝したくなってしまう。

「わかりました。その可愛《かわい》さに免《めん》じて話します」

「……なんかその言い方、気に入らない」

ご不満そうだ。

「俺を説得できたんから素直《すなお》に喜んでくださいよ」

「ほら、君の方が上みたいに聞こえる」

「生徒相手に身体《からだ》で脅《おど》して主導権をとろうとした人がなに言っているんですか」

俺は思わずマジレスしてしまう。

あぁ、この人も俺相手には仕事とプライベートの境界線がいよいよ曖昧《あいまい》になっている。

「お、お互《たが》い様《さま》でしょう！」

無理に強がってみせるが、その動揺《どうよう》は隠《かく》しきれていない。

俺が風邪《かぜ》を引いた時もそうだったが、天条《てんじょう》レイユという人は俺がどういう形であれピンチになると手段を選ばない。視野が狭《せま》くなり、強引《ごういん》さが増す。

ただ、それは相手に対して必死だからなのだろう。

たとえ俺の自惚《うぬぼ》れだとしても、自分のためにそんな風になりふり構わず行動してくれる人がいるのは心底嬉《うれ》しかった。

先生は俺の真横に座り直す。

俺は一呼吸置いてから昔話を語り出す。


「輝夜《かぐや》の実のお母さんは早くに病気で亡《な》くなられて、お義父《とう》さんが男手ひとつで育ててきたそうです。お義父《とう》さんは家庭的な穏《おだ》やか性格で輝夜《かぐや》を愛していましたが、仕事が忙《いそが》しくて中々構ってあげることができなかったそうです。それで、輝夜《かぐや》も小さい頃《ころ》はさびしい思いをしていたんでしょう。その影響《えいきょう》もあって、輝夜《かぐや》は他人に構ってもらえるような気を引く振《ふ》る舞《ま》いをするようになっていったそうです」

「それで人を惹《ひ》きつけるのが上手な子になったんだね」

子どもながらに泣いて喚《わめ》くより、自分に関心を向けてもらえる方がたくさん構ってもらえるとわかったのだろう。

俺が初めて輝夜《かぐや》に会った時はまだ小学生。最初は同じくらいかと俺も身構えていた。

いざ話してみれば年相応で、年下の女の子。

ああ、ちゃんと俺よりももっと子どもだ。

この子のお兄ちゃんとして守ってあげなければと決意したのはよく覚えている。

錦悠凪《にしきゆうなぎ》は兄としての役割を意識するようになった。

「輝夜《かぐや》の今の甘え上手は子どもの頃《ころ》のさびしさの裏返し、その名残《なごり》なんですよ」

幼いうちはただ可愛《かわい》がられるだけで済んでいたが、成長するに従って異性の恋心《こいごころ》を刺激《しげき》するようになってしまう。

「よく義妹《いもうと》のことがわかっているんだ。さすが、お兄ちゃん」

「今みたいに話せるようになるまでは大変でしたから」

「最初は無視されたり、ほとんど話さなかったたって言ってたよね？」

「うちの母さんと再婚《さいこん》して、大好きなお義父《とう》さんを盗《と》られたと思ったんでしょうね。俺もその手先扱《てさきあつか》いで敵視されまくりで」

「いきなり赤の他人と暮らすのは誰《だれ》でも大変だからね」

「幸い両親もいる時はいい娘《むすめ》を演じていましたけど、ふたりになると途端《とたん》に愛想《あいそ》が悪くなって。ほとんど八つ当たりで、結構困りました」

いかんせん、初めて年の近い義妹《いもうと》ができたのだ。

ただでさえ同級生の女子とだって話すのが恥《は》ずかしくなる年頃《としごろ》、ひとつ屋根の下で年の近い女の子をどう扱《あつか》っていいものか。

「錦《にしき》くん、どうやって仲良くなったの？」

「親は仕事で、家で一緒《いっしょ》にいる時間は俺が一番長くて。話すこともないから家事で時間を潰《つぶ》していたんです。で、帰りが遅《おそ》い時は俺が夕飯を作ったりして、食事をするうちに少しずつ話すようになったって感じです」

「さすが、食事でハートを掴《つか》むのが上手《うま》い」

「天条《てんじょう》先生が言うと説得力がありますね」

さすが、俺のカレーで泣いた人だ。

「アタシのことはいいの！　はい、続けて」

先を促《うなが》される。

「家事を手伝ってくれて、朝も一緒《いっしょ》に登校するようになったんです。休みの日もふたりで出かけて。俺も懐《なつ》かれるのは嬉《うれ》しかったですし」

「だんだんと親しくなれたんだね」

俺も兄という役割に慣れてきた。

「ま、ここまで良かったんです。ご想像の通り、輝夜《かぐや》は中学でもモテてました」

「輝夜《かぐや》ちゃん、明るくてノリも愛想《あいそ》もいい子だから男子はイチコロだろうね」

教師目線からの錦輝夜《にしきかぐや》の評価に異論はない。

「先生は昔も今も人気でしょう」

「アタシは可愛《かわい》げがなかったからな。前にも話したけど、とにかく尖《とが》っていたし恋愛《れんあい》に毛ほどの興味もなかったからさ。気安く話しかけてくる男とか蛇蝎《だかつ》のごとく嫌《きら》って、ただただウザイとしか思っていなかったなぁ」

徹底《てってい》しているな。

「……そんな気性《きしょう》だった人がよく隣人協定《りんじんきょうてい》とか、俺との関係を受け入れましたね」

「それは君のことが――って、脱線《だっせん》させるな！　今は輝夜《かぐや》ちゃんとの関係について！　はい、続きを話す！」

無理やり仕切り直される。もう少し高校時代の天条《てんじょう》レイユについて聞きたかった。

「えーっと、輝夜《かぐや》って子は学年が違《ちが》っても勝手に話題が聞こえてくるような目立つ子なんですよ。同時期に五人から告白されたこともあるくらいの」

「その頃《ころ》の錦《にしき》くんは輝夜《かぐや》ちゃんをどんな風に感じていたの？」

「義理の妹ですから、へぇー可愛《かわい》いと思ってたけど、そんな人気なんだーみたいなもんですよ」

「うわぁ、淡白《たんぱく》」

「いちいち誰々《だれだれ》に告白されて断ったとか報告されても、兄貴的にはどうしようもないじゃないですか。なんなら俺の友達から輝夜《かぐや》のこと紹介《しょうかい》してくれとか言われまして。まぁそんな感じで俺があんまりにも興味を抱《いだ》かないから、輝夜《かぐや》がムキになって」

「人に好かれるのが得意な子が、自分に振《ふ》り向《む》かない相手をかえって意識しちゃうみたいなことね」

先生の分析《ぶんせき》が冷静で助かる。

「たぶん、家でも学校でも常に一緒《いっしょ》な俺が輝夜《かぐや》にとって初めて全力で甘えられる相手だったんですよ。日に日に距離感《きょりかん》が近づいてきて、家でもベッタリみたいな調子になったんです」

「中一でお兄ちゃん大好きか。そういう子もいるにはいるだろうけどね」

彼女も雲行きの怪《あや》しさを感じていた。

いよいよ核心《かくしん》に触《ふ》れる。

「あまりにも学校でも家でもベタベタしてくるから、さすがに怒《おこ》ったんです。いくら兄妹《きょうだい》でも血の繋《つな》がりがない以上、限度がある。俺も男だし、女として意識して気まずくなりたくないって。……そしたら輝夜《かぐや》はなんて言ったと思います？」

天条《てんじょう》先生は黙《だま》って、次の言葉を待つ。

「『悠《ゆう》くんとは兄妹《きょうだい》になんかなりたくないッ』って」

「輝夜《かぐや》ちゃん、君を本気で好きになっちゃったんだ」

天条《てんじょう》先生は輝夜《かぐや》の気持ちを代弁する。

「しかも、その瞬間《しゅんかん》をちょうど帰宅した母親に見られたんです」

「それは……ッ」

天条《てんじょう》先生も絶句するしかない。

「気まずいどころの騒《さわ》ぎじゃないですって。危《あや》うく家庭崩壊《かていほうかい》一歩手前ですよ」

思い出しても胃が痛くなる。

「お母さんと折り合いが悪くなったって君が言うのも納得《なっとく》ね」

「母も相当頭を抱《かか》えたと思いますよ。義理の娘《むすめ》がいきなり実の息子《むすこ》に惚《ほ》れているなんて、再婚《さいこん》ホヤホヤの家庭に爆弾《ばくだん》が仕掛《しか》けられたようなものです」

「難しいね。黙《だま》って見過ごすわけにもいかないし」

「結局、誰《だれ》かが割を食うしかないんですよ。一番差《さ》し支《つか》えない方法として俺が出ていくことに決めたんです」

「ご両親は納得《なっとく》しているの？」

「さぁ。ただ輝夜《かぐや》の態度には薄々《うすうす》気づいていたようですし、最終的には了承《りょうしょう》してくれました」

「大事な息子《むすこ》をひとり放り出すことが？」

彼女は訝《いぶか》しむ。

「そこは俺が先手を打ちましたから。別れた実の父に援助《えんじょ》を取りつけてからの事後《じご》承諾《しょうだく》です。高校生になって勉強に集中したいし、新しい家庭に馴染《なじ》めなかったって口実も立ちます」

「屁理屈《へりくつ》」

「誰《だれ》も傷つかない選択《せんたく》です。両親は息子《むすこ》の要望を尊重してくれただけです」

天条《てんじょう》先生は俺のわずかな揺《ゆ》らぎを聞《き》き逃《のが》さない。

「それが君の本心ならね」

「丸く収めるには、俺が輝夜《かぐや》から離《はな》れるのが一番でしょう」

「どうして君は自分のことを差し引いたような、他人事《ひとごと》みたいな言い方をするの？」

「え？」

先生の指摘《してき》が一瞬《いっしゅん》なにを言っているのかわからなかった。

でも、彼女は悲しそうな顔で怒《おこ》っていた。

「悠凪《ゆうなぎ》くんの大人っぽい理由がわかった。君は自分を後回しにして、周りの人を優先にする癖《くせ》があるんだ」

「俺、結構自分の欲望を素直《すなお》に言っているじゃないですか」

おどけてみせたが先生の表情は変わらない。

「自己犠牲《じこぎせい》の精神は尊いけど、そんなことしてたら君の心が潰《つぶ》れちゃうよ」

「俺が選んだ結果です！」

俺の感情的な声だけが体育倉庫に響《ひび》く。

「ほんとうに、バカな子」

そう言って、天条《てんじょう》先生は俺を抱《だ》きしめてくれた。

ハグをされて頭をそっと撫《な》でられる。

俺は抗《あらが》うことができなかった。

体温に包まれて落ち着く。

「先生、ここ学校」

「今だけは例外」

穏《おだ》やかに宥《なだ》められて、俺は大人しく従う。

「義妹《いもうと》さんがさ、できない方が良かった？」

「嬉《うれ》しかったに決まっているじゃないですか。ひとりじゃないのが楽しいことは輝夜《かぐや》が教えてくれました。今までもこれからも大事な義妹《いもうと》です」

「立派なお兄さんだね」

どこまで行っても俺は徹頭徹尾《てっとうてつび》、錦輝夜《にしきかぐや》の兄にしかなれない。

「うん、だから選んだんじゃない。君は優《やさ》しいから、それを選ぶしかなかったんだよ」

この人だけが俺の心の内を察してくれた。

「先生」

「なに？」

「俺はそんな大した男じゃありません。エロイことに興味とか無茶苦茶興味あります」

「知っている。君の視線はいつも感じている」

「先生とキスしたい、と思ってます」

密着した状態からお互《たが》いの顔を見つめ合う。

潤《うる》んだ瞳《ひとみ》、赤らんだ頬《ほお》、艶《つや》やかな唇《くちびる》、それらすべてをもっと近くで感じたい。

「悠凪《ゆうなぎ》、くん……」

「今だけは例外なんでしょう」

俺は彼女の頬《ほお》にそっと手を触《ふ》れた。真っ赤になった耳や長いまつ毛の先が震《ふる》える。

「だ、め」

それでも彼女は逃《に》げなかった。

目を瞑《つぶ》ったのは恐怖心《きょうふしん》か、それとも待っているからか。

今は世界にふたりだけ、ここだけの秘密、言葉はいらない。

俺は彼女の形の綺麗《きれい》な唇《くちびる》――の端《はし》を指で拭《ぬぐ》った。

「先生。チョコレート、口元についてましたよ」

「ふぇ」

俺はチョコのついた人差し指を彼女に見せる。

「さっきチョコバーを食べた時についていたみたいですね」

「〜〜〜〜〜ッ!?」

「いつぞやのお返しです。それともほんとうにキスしても良かったんですか？」

俺はからかうように得意げな顔で笑ってみせた。

顔を伏《ふ》せたまま先生は言葉にならない声を発しながら、俺の胸をバンバン叩《たた》く。

「なんでもない！　なんでもないんだからね！」

「なにがですか？」

「うるさいッ！　うるさいッ！　うるさいッ！」

「期待させていたならすみません。では、改めて」

先生の華奢《きやしや》な肩《かた》に手を添《そ》えようとする素振《そぶ》りをしてみた。


「錦《にしき》、そこにいるの？　天条《てんじよう》先生も一緒《いつしよ》？」

聞こえてきたのは旭《あきら》の声だった。

「久宝院《くほういん》さん！　助かったわ！　閉じこめられたの！　今すぐ開けて！」

天条《てんじよう》先生は俺を突《つ》き飛ばして扉《とびら》の前まで駆《か》け寄《よ》る。

もはやふたりでいるのがバレても知ったことかとばかりになりふり構わぬ状態だった。

「待ってて。レイユちゃん先生、ニッキー、今鍵《かぎ》を開けてあげるから！」

そうしてようやく扉《とびら》が開いた。

「レイユちゃん先生とニッキー、発見！」

テンションの高い黛《まゆずみ》さんが指さす。

「ふたりともありがとう！」

天条《てんじょう》先生は命拾いしたとばかりに外に飛び出す。

「先生、なんでそんな慌《あわ》てているんですか？」

旭《あきら》は怪訝《けげん》そうな顔で俺たちを見比べた。

「あ、さてはニッキーさぁ、レイユちゃん先生とエロイことしてた？」

「しようとしたけど断られた」

俺は何事もない態度で後から出てきて、おどけてみせた。

「そんなわけないでしょう！」と先生は即座《そくざ》に否定する。

「錦《にしき》最低。先生、ドン引きです」

旭《あきら》は恐《おそ》ろしいほど無表情だった。

「久宝院《くほういん》さんも、錦《にしき》くんの言葉を真に受けないで」

「でも先生、顔が真っ赤です」

旭《あきら》は見極《みきわ》めるように目を細めていた。

「この中が熱かったのよ」

「俺が興奮しすぎて体育倉庫の気温を上げてしまってな」

先生を守るために堂々と嘘八百《うそはっぴゃく》を垂れ流す。

あ、こういう対応が自分を後回しにしているのか。

「うわ～ニッキー、ケダモノ」と黛《まゆずみ》さんはケラケラと笑っていた。

「そもそも錦《にしき》は、なんで先生と閉じ込められているのよ」

俺の言葉を無視して、旭《あきら》は硬《かた》い声で問う。

「ただの事故だ。中で片づけていたら気づかれずにガチャンとな」

隣《となり》で落ち着かない先生が目に入った。一刻も早くこの場を去りたいけど、生徒の前で迂闊《うかつ》なことはできないと葛藤《かっとう》してソワソワしている。

その姿を見て、俺はこの場の言い訳を思いつく。

「先生は行ってください。施錠《せじょう》して鍵《かぎ》は職員室へ戻《もど》しておくので」

「あとはよろしく！」

俺のアイコンタクトを信じて、天条《てんじょう》先生は小走りに体育館から出ていった。

「ねぇねぇニッキー、ほんとうになにもなかったの？　梨々花《りりか》の警察犬並みの恋愛《れんあい》嗅覚《きゅうかく》が怪《あや》しいと感じているんだけど」

三人だけになると、黛《まゆずみ》さんが含《ふく》みのある顔で近づく。

「黛《まゆずみ》さんはさぁ、トイレを我慢《がまん》しているところで男に迫《せま》られたらどう思う？」

「氏ネ☆」

「でしょう」

「そっかぁ〜〜、さすがにそうだよね」

「絶対にありえないでしょう」

そりゃそうだ。傍《はた》から見れば俺と天条《てんじょう》レイユが釣《つ》り合《あ》っているわけがない。ふたりとも当然そのように思っている。

決定的な証拠《しょうこ》が目の前に現れない限り、誰《だれ》も俺と先生の仲を疑うはずもなかった。

「災難だったね」

「正直マジで助かったよ。よくわかったな」

「いくら連絡《れんらく》しても返事がないから学校に戻《もど》ってきたのよ。そしたらカバンは教室に置きっぱなしで。それで天条《てんじょう》先生に訊《たず》ねに職員室へ行ったら、先生もまだ戻《もど》ってきていないって。それで探し当てたわけ」

「手間かけさせたな」

「謝る代わりに、お昼でもおごって」

「そうだぁー！　梨々花《りりか》たちは命の恩人だぞ」

「喜んで」

もちろん、今日ばかりは素直《すなお》に従った。

幕間《まくあい》二　寸止めファーストキス

「すみません、ベッド借ります！」

「あら、天条《てんじょう》ちゃんどうしたの？」

「体調不良ですッ！」

「そんな元気な体調不良ある？」

アタシより少し年上の、男前な養護教諭の甘利《あまり》先生は気だるそうにベッドを貸してくれた。

プライベートでもゴハンに行く彼女は二人だけの時は砕《くだ》けた口調で話してくる。

アタシはカーテンを引き、シーツを頭から被《かぶ》ると羞恥心《しゅうちしん》で爆発《ばくはつ》してしまいそうだった。

枕《まくら》に顔を埋《うず》めて、声にならない声を張り上げる。

危なかった。

完全に流されかけていた。

あの時、アタシは完全にキスされるものだと覚悟《かくご》してしまっていた。

そうなることを受け入れてしまっていた。

つい唇《くちびる》に指先を添《そ》えてしまう。

もしも悠凪《ゆうなぎ》くんが止めてくれなかったら、アタシのファーストキスは彼に奪《うば》われていた。

きっと自分の指のやわらかさとはまるで違《ちが》うのだろう。

まだ知らないキスの感触《かんしょく》を想像するだけで、心臓の鼓動《こどう》が速くなる。

「だって、心配だったんだもの」

彼の義妹《いもうと》さんとの経緯《けいい》を聞いて、思わず抱《だ》きしめてしまっていた。

きっと母性本能が刺激《しげき》されたのだろう。

どうしようもなく愛《いと》おしいと感じる。

教師であることを忘れて、ただの女に戻《もど》っていた。

この子を守ってあげたいと衝動的《しょうどうてき》に動いていたのだ。

「いくらなんでも大胆《だいたん》すぎるってば」

それは誰《だれ》に向けて言っているのか、自分でもわからなかった。

横になっても緊張《きんちょう》と興奮が抜《ぬ》けない。

なにもなかったのに、身体中《からだじゅう》の余韻《よいん》が消えなかった。

「理性がないのはどっちの方よ」

激しい自己嫌悪《じこけんお》。ここは学校だ。いくらふたりきりでも、越《こ》えてはいけない一線がある。

「おーい、天条《てんじょう》ちゃん。大丈夫《だいじょうぶ》？　お水飲む」

甘利《あまり》先生が声をかける。

「あ。すみません、いただきます」

「じゃあ入るよ」

カーテンが引かれて、甘利《あまり》先生はアタシの顔を見るなり「わぁ」と驚《おどろ》く。

「どしたの⁉　風邪《かぜ》でも引いた？　顔は真っ赤だし、ビショビショじゃない」

汗《あせ》や涙《なみだ》やらでメイクも崩《くず》れて、アタシの顔は酷《ひど》い有り様のようだ。

甘利《あまり》先生はアタシに水のペットボトルを渡《わた》して、ティッシュペーパーを取りに行ってくれた。

お水を飲むとその冷たさに癒《いや》されて、やっと人心地《ひとごこち》がつく。

「すみません、枕《まくら》とか汚《よご》しているかも」

「それは別に構わないけど、どうしたの？」

ティッシュボックスと一緒《いっしょ》に体温計も渡《わた》してくれた。優《やさ》しい。

「我ながらショックな出来事に打ちのめされてしまって……」

自分のコンディションをなんとか整える。

「美人はそんな状態でも美人なんだからズルいわね。それで、どうした？　必要なら話を聞くよ？　推《お》しに恋人《こいびと》でも発覚？」

「違《ちが》います」

「身内に不幸でもあった？」

「あー田舎《いなか》にいる大好きなおばあちゃんが亡《な》くなったら号泣《ごうきゅう》しますね」

「男にでも振《ふ》られた？」

「彼氏《かれし》いません！」

「だよね。けど、にしては大の大人がこんな真っ昼間から大変なことになっているよ」

「それは、その……」

「じゃあテストで取り返しのつかないミスでもしたとか？」

「テストされたのはアタシの方でした」

間違《まちが》いなく赤点確定だ。

理性のブレーキが利《き》かず、本能のアクセルが知らぬ間に踏《ふ》まれていた。

どうしようもなく彼を想《おも》う気持ちは以前よりも強くなっている。

それをハッキリ自覚させられた。

第三章　恋人《こいびと》プレイ

「三日間の中間テスト、お疲《つか》れ様《さま》。週末はゆっくり休んでね。解放感であんまり羽目を外しすぎないよう程々《ほどほど》に」

天条《てんじょう》先生はいつも通りに帰りのホームルームを行う。

落ち着きのある態度は俺とのキス未遂《みすい》事件《じけん》を微塵《みじん》も感じさせなかった。プライベートの影響《えいきょう》などないように仕事に徹《てっ》している。

その大人な振《ふ》る舞《ま》いには、ただただ尊敬してしまう。

俺の方はいまだ上の空。昨日もファミレスで旭《あきら》と黛《まゆずみ》さんに古文を教えながら気もそぞろになってしまい、散々ふたりからクレームを言われた。助けてもらった恩義から逆らうことはできない。黙《だま》ってお叱《しか》りを受けながら、ふたりの点数を上げるべく指導にあたる。もちろん遅《おそ》めのランチは俺のおごりだ。とはいっても勉強ばかりではなく、ドリンクバーを何度も利用しながら雑談もずいぶんしていた。そのまま夕飯も同じファミレスで食べて帰る。幸い夕飯代は彼女たちも払《はら》ってくれた。

『錦《にしき》にぜんぶおごらせてもよかったのに』

『さすがに三人分の昼夜を払《はら》わせると、ニッキーのお財布《さいふ》がぺっちゃんこになるよ』

『梨々花《りりか》の癖《くせ》に手心加えるのね』

いつも機嫌《きげん》の悪い旭《あきら》がさらに手厳しく、黛《まゆずみ》さんの温情が身に沁《し》みた。

バイトもしていない男子高校生の懐《ふところ》事情《じじょう》はいつだって厳しいのである。

「じゃあ今日はここまで。委員長、号令」

ホームルームが終わると、天条《てんじょう》先生はそさくさと教室から出ていった。

どの道、今日の夕食から俺の部屋での食事も再開だ。

改めて話をするのはその時でいいだろう。

帰りの電車に揺《ゆ》られながら通り過ぎていく車窓の景色をぼんやりと眺《なが》めながら、体育倉庫でのキス未遂《みすい》を自然と思い返してしまう。

なんて惜《お》しいことをしてしまったのだろうか。

俺は絶好の機会をみすみす逃《のが》したのかもしれない。

あの時、雰囲気《ふんいき》に流されるままキスをしてしまえば良かったのか。

ギリギリまではキスするつもりだった。天条《てんじょう》さんに抱《だ》きしめられて、タガが外れかけた。まさか先生の方から触《ふ》れてくれると思わず、俺の理性は麻痺《まひ》してしまう。

学校という場所で、狭《せま》い空間でふたりきり、相手は年上の美人教師、他には誰《だれ》もいない。

お膳《ぜん》立てとしては十分すぎた。

だが、俺は最後の最後で踏《ふ》みとどまる。

天条《てんじょう》先生の我に返る直前の、お預けを食らったような惚《ほう》けた顔は大変エロかった。

それが強烈《きょうれつ》に脳内に刻まれており、思い出すたびに精神的ダメージで悶絶《もんぜつ》する。

あのままキスしていたら、どうなっていたんだろう……。

繰《く》り返《かえ》し、そう思わずにはいられない。

「男としては行くべきだったのか」

己《おのれ》の未熟さが恨《うら》めしかった。

答えはいまだに出ない。

恋愛《れんあい》は理性と本能のシーソーゲーム。

常に自分の中で強者が入《い》れ替《か》わり、絶え間なく揺《ゆ》れ動《うご》くのがドキドキの正体だ。

いけるのか、いけないのか、いってもいいのか、いっちゃえ、いやダメだ、いいやいくぞ、いやいやしかし、いいからいけよ——そんな葛藤《かっとう》が尽《つ》きない。

これこそまさに恋愛《れんあい》をする醍醐味《だいごみ》なのだろう。

「わかっていたけど、しんど……」

思わず隠《かく》していた本音が口からこぼれる。

教師と生徒という関係でいる限り、恋愛《れんあい》はご法度《はっと》だ。

隣人協定《りんじんきょうてい》はまさにその象徴《しょうちょう》だ。

大人しく卒業まで我慢《がまん》する、ときっちり線引きして清らかな付き合いに徹《てっ》すればいい。

わかっていても求めてしまうのが人間の悲しい性《さが》だ。

禁じられるほど破りたくなってしまう。

いけない魅力《みりょく》に翻弄《ほんろう》される。

「ダメだった時のリスクがデカすぎるんだよなぁ」

盛大《せいだい》なため息をついてしまう。

俺は先生との今の関係性を失いたくない。

隣《となり》にいられないようなことになればもっと深いダメージを負う。

たとえ学校で顔を合わせても、ただの美人教師に憧《あこが》れるだけの教え子のひとりに戻《もど》れない。

俺は自分でも驚《おどろ》くくらい天条《てんじょう》レイユのことばかり考えていた。

そうこうしているうちにアパートのある最寄《もよ》り駅《えき》に到着《とうちゃく》。

駅前のスーパーで食材の買い出しを済ませる。

今晩のメニューは天条《てんじょう》さんの希望通り、鶏《とり》の唐揚《からあ》げだ。

両手に買《か》い物袋《ものぶくろ》を持ってアパートへ帰宅すると、俺の部屋の前に人が立っていた。

「あ、悠《ゆう》くん。おかえり」

セーラー服姿の輝夜《かぐや》だった。懐かしき母校の制服だ。

「なんでいるんだよ」

「明日が待ちきれなくてもう来ちゃった」

「ワクワクしすぎだろう。来る前に連絡《れんらく》くらい入れろよ」

「え？　ちゃんとしたよ」

俺はメッセージの履歴《りれき》を辿《たど》る——が、すぐには見つけられなかった。

「すまん、見落としていた」

「あれ、やけに素直《すなお》。なんかあった？」

相変わらず変なところが鋭《するど》い。

「テストが終わって気が抜《ぬ》けただけだ。上がるか？」

「うん！」

正直、輝夜《かぐや》のおかげで邪念《じゃねん》に惑《まど》わされずに済む。

部屋に上げると、俺は買ってきた食材を冷蔵庫に仕舞《しま》う。

「こんなにたくさん材料を買ってきたの？　ひとりで食べきれる？」

輝夜《かぐや》はひとり暮らしにしては多すぎる量を不思議がった。

「気晴らしも兼《か》ねてな」

「食べ過ぎると太っちゃうよ」

「好きな物を自由に食べられるのが、ひとり暮らしのいいところだ」

「その割には体型維持《いじ》しているよね」と輝夜《かぐや》は脇腹《わきばら》をつついてくる。

「勝手に触《さわ》るなって」

「ちょっとしたスキンシップだよ」

テへっと小さく舌を出す。

「ねぇねぇ、悠《ゆう》くんの料理が食べたくなっちゃった。今晩はなに作るの？」

「鶏《とり》の唐揚《からあ》げ」

「わーい大好物！　いっぱい食べようっと」

「俺の肥満を心配しているけど、おまえだって揚《あ》げ物《もの》をバカ食いしたら太るぞ」

「欲望に忠実なのが自慢《じまん》です」

ノリノリでピースをする輝夜《かぐや》。その揺《ゆ》るぎない態度には感心してしまう。

「働かざる者食うべからず。食べたいなら手伝え」

「もちろん！」

手洗いを済ませて、俺は手早く着古した部屋着に着替《きが》える。

「輝夜《かぐや》、このエプロンを使え」

「ありがとう。悠《ゆう》くんはいいの？」

「予備は洗濯中《せんたくちゅう》でな。揚《あ》げ物《もの》は油が跳《は》ねるから汚《よご》れない方が難しいし、洗えば問題ない」

「おぉ、なんだかベテラン主夫の風格」

「経験年数だけはそこそこ長いからな」

小学生くらいから家事の手伝いは色々とやってきた。

「さすが孝行息子《こうこうむすこ》」

「おまえも真似《まね》していいぞ」

「悠《ゆう》くん、マメだよね。年の近い男子がこんなに家事できるなんて思わなかったもの」

「……別に好きで始めたわけじゃないさ」

さっき買ってきた鶏肉《とりにく》や必要な材料を取り出して、下準備に入る。

「まずは肉を漬《つ》けこんで下味をつける」

つけこみ時間の長さは好みによりけりだが、今日はガッツリ染《し》みこませたい。

「輝夜《かぐや》は、ニンニクと生姜《しょうが》をすりおろしてくれ。口が臭《くさ》くなっても文句言うなよ」

「お任せ！」

ふたりでキッチンに立つ。

俺が指示を出し、輝夜《かぐや》が手伝う。

家にいた頃《ころ》はこうして一緒《いっしょ》に夕飯を作ったものだ。両親が共働きで忙《いそが》しく、空いている時は俺が率先《そっせん》して夕飯作りをしていた。

そんな俺を見ていた輝夜《かぐや》もいつしか手伝ってくれるようになった。

「なんか懐《なつ》かしいね」

「最初の頃《ころ》は危なっかしくて包丁を持たせられなかったけど」

「お義母《かあ》さんと一緒《いっしょ》にやるようになってから少しは上達したでしょう？」

その言葉通り、輝夜《かぐや》の手際《てぎわ》はずいぶんとよくなっていた。

「そうだな」

「えへへ、もっと褒《ほ》めて。ねぇ」

キッチンで輝夜《かぐや》が隣《となり》に並んでいると、昔を懐《なつ》かしく思う。

この子とひとつ屋根の下で一緒《いっしょ》に暮らしていたのはわずか一年くらいものだ。

気づけば俺がひとり暮らしをしている期間の方が長くなっていた。

中一の女の子が中三になれば嫌《いや》でも大人っぽくなる。

「中間テストはどうだった？」

「まだ返却《へんきゃく》されてないよ」

「自分の手応え的に？」

「まぁまぁかな。悠《ゆう》くんは？」

「日本史以外はそこそこ」

「日本史、苦手なの？」

「いや、満点狙《まんてんねら》い」

「そんな日本史好きだったっけ？」

「最近好きになった」

「ふーん、今度教えて」

「あんなもん、ほぼ暗記だ。気合いを入れろ」

「わたし、暗記は苦手。何代将軍ホニャララとか、藤原《ふじわら》のなんとか、みたいに似たり寄ったりの人名が多くて混乱する」

「コツは出来事の流れとセットで把握《はあく》することだな。顔の絵とかイメージと合わせて、その人物がなにをしたのかを覚えておけばミスを減らせる」

「興味がないから無理。悠《ゆう》くんが上手《うま》く教えてよ」

身も蓋《ふた》もない話だ。

俺だって天条《てんじょう》先生の存在がなければ、そこまで気合いを入れて勉強することはなかった。

「そのうちな」

「じゃあ期末テストの時にも頼《たの》める？」

「断っても勝手に押しかけてくるんだろう？」

「わたしのことよくわかってるぅ！」

本物の兄妹《きょうだい》なら、こうして何気ない会話を毎日のように繰《く》り広《ひろ》げているのだろう。

俺も今は心穏《こころおだ》やかに過ごせる。

このくらいの距離感《きょりかん》でいられれば俺も余計な気を遣《つか》わずに済むのに。

ひとり暮らしを経たことで、周りに気を配らないことがこんなに楽だとは思わなかった。

だが、輝夜《かぐや》はあっさりと平穏《へいおん》を崩《くず》してくる。

「ねぇ。買い出しの量が多いのって、レイちゃんの分も食事も作っていたりする？」

輝夜《かぐや》は唐突《とうとつ》に言い当てる。

「……平日だけ。あの人は忙《いそが》しいから食生活とか色々心配なんだ」

「仲がいいんだね」

「お隣《となり》さんだからな」

「ひとり暮らしがさびしいから、レイちゃんとご近所付き合いしているの？」

「美人だから下心も込《こ》みだ」

「悠《ゆう》くん最低」

輝夜《かぐや》はそう言いながらも笑っていた。

「大抵《たいてい》の男なんてカッコつけて我慢《がまん》しているだけさ」

「悠《ゆう》くんも？」

「もちろん」

「ふーん。今日も来るの？」

「輝夜《かぐや》が構わないなら」

「わたしもレイちゃんと食べたい」

本人は自信があるということで、みそ汁《しる》の準備は輝夜《かぐや》に託《たく》した。

その間に、俺は部屋から天条《てんじょう》さんにメッセージを送る。
返信はすぐに来た。
悠凪《ゆうなぎ》：お疲《つか》れ様《さま》です。輝夜《かぐや》が家に来ています。
天条《てんじょう》さんさえ良ければ三人で夕飯を食べません？
レイユ：アタシはもちろん構わないけど、お邪魔《じゃま》していいの？
悠凪《ゆうなぎ》：邪魔《じゃま》しているのは輝夜《かぐや》です。
レイユ：そんな言い方しなくても。
悠凪《ゆうなぎ》：輝夜《かぐや》の希望でもあるので、差《さ》し支《つか》えなければ来てください。
レイユ：わかった。遠海《とおみ》レイとして遊びに行くよ。
悠凪《ゆうなぎ》：ちなみに今晩のメインは鶏《とり》の唐揚《からあ》げです。
レイユ：それで昨日の件は帳消しね！　これ以上の質問は禁止！
夕飯、楽しみにしている！
このちょっとしたやりとりで、モヤモヤが一気に晴れる。
こんな風に元通りになれるのも天条《てんじょう》レイユが俺にとって特別である証明に思えた。
とはいえ、甘えすぎることなく今後とも引《ひ》き締《し》めていこう。

天条《てんじょう》さん、もとい遠海《とおみ》レイが帰宅して、三人で夕飯を食べた。

山盛りの唐揚《からあ》げを作ったのだが、全員ハイペースで箸《はし》が進み綺麗《きれい》に平らげてしまった。

「絶対に余ると思ったのに食べ切ったよ」

「悠凪《ゆうなぎ》くんの唐揚《からあ》げ、絶品だったよ」

「お腹《なか》いっぱいで苦しい。悠《ゆう》くん、麦茶もう一杯《いっぱい》」

幸せな満腹感に浸《ひた》りながらTVのバラエティー番組を流しつつ、のんびりと過ごす。

金曜の夜はいつにもまして気が抜《ぬ》ける。

気づけば夜の九時になり、TVでは昨年公開された映画が映っていた。

「アタシ、これ映画館で観《み》られなかったんだよね。このままのチャンネルでいい?」

「俺もまだ見てない作品なので、問題ないですよ」

「これ、すっごく面白《おもしろ》かったよ」

輝夜《かぐや》だけは既《すで》に視聴《しちょう》済《ず》みらしい。

「じゃあ輝夜《かぐや》は見なくても大丈夫《だいじょうぶ》だな」

「なんで?　久しぶりにもう一回見たいんだけど」

「もう遅《おそ》いだろう。そろそろ帰れ。また駅まで送っていくから」

俺は立ち上がろうとして、

「今日は泊《と》まっていくよ」

輝夜《かぐや》は当然のように言った。

「え⁉⁉」

俺と天条《てんじょう》さんの声が重なる。

「待て待て、一泊《いっぱく》する気なのか？」

「いいでしょう？　お義母《かあ》さんには泊《と》まるって言ってあるし、着替《きが》えも持ってきてるもん」

根回しと用意がいい。

「どこで寝《ね》るんだよ？」

「そりゃもちろん悠《ゆう》くんのベッド。兄妹《きょうだい》なんだから一緒《いっしょ》でも構わないじゃない」

我が義妹《いもうと》は得意げというか、確信犯めいたものがある。

横を見れば、絶句する隣人《りんじん》。

その身勝手な言い分が俺の地雷《じらい》を踏《ふ》んだ。

「都合のいい時だけ兄妹《きょうだい》になるな！　俺とおまえは血が繋《つな》がっていない他人なのッ！　年頃《としごろ》の男女がひとつのベッドで寝《ね》るのは世間的には大問題なわけ」

こいつだって男女の営みの知識くらいとっくに頭に入っているだろう。

一体全体どういうつもりだ。

「愛があれば問題ないってば」

「この場合、愛があるならむしろ大問題なんだ！」

「悠《ゆう》くんのヘタレ」

「良識派と言ってくれ」

「男女が深い仲になるには、時に理性を捨てるべき」

「義理の兄妹《きょうだい》で深い仲ってなんだよ」

戯言《たわごと》に付き合いきれるか。

クソ、タイムリーな話題をしやがって。俺だって体育倉庫で既成事実《きせいじじつ》をつくって天条《てんじょう》レイユと深い仲になりたかった。

「ちょっと悠凪《ゆうなぎ》くん、落ち着いて。らしくないよ」

天条《てんじょう》さんが俺の前に割って入る。

「いえ、いい機会だから今日は言わせてもらうぞ。輝夜《かぐや》に振《ふ》り回《まわ》されるのはうんざりだ。もう子どもじゃないことをいい加減に自覚してくれ」

「子どもじゃないことくらいわかっているもん！　どうして悠《ゆう》くんはわたしを嫌《いや》がるの？」

「人が大切にしたいものを平気で壊《こわ》そうとするからだ」

輝夜《かぐや》から物理的に距離《きょり》を置いたことで家族の形を保とうとしている俺の苦労が水の泡《あわ》になってしまう。

「わかった！　間をとって輝夜《かぐや》ちゃんはアタシの部屋で泊《と》まる。それならどう？」

天条《てんじょう》さんが折衷案《せっちゅうあん》を出す。

「それだと意味ない」

「てん——じゃない、遠海《とおみ》さんにご迷惑《めいわく》はかけられません」

「なんでこんな時はすぐ息が合うのよ、錦兄妹《にしききょうだい》！」

俺たちが同時に却下《きゃっか》すると、彼女は解《げ》せぬとばかりに口をへの字に歪《ゆが》めた。

侃々諤々《かんかんがくがく》の末に、俺の部屋で三人一緒《いっしょ》に寝《ね》るという謎《なぞ》の結論にいたる。

天条《てんじょう》さんはお友達が泊《と》まる用の寝具《しんぐ》一式があるというので、それをお借りすることになった。

女性ふたりがベッド、俺は床《ゆか》に敷《し》いたマットで寝《ね》る。

俺はこっそりと天条《てんじょう》さんに再確認《さいかくにん》する。

「本気でいいんですか？　シングルベッドにふたりって狭《せま》いでしょうし」

「女同士なら案外余裕《よゆう》だから平気だよ」

「けど……」

「悠凪《ゆうなぎ》くんの義妹《いもうと》ならノープロブレム。どうせ明日はふたりでお出かけでしょう。一緒《いっしょ》に出た方が都合もいいじゃない」

「あんまり輝夜《かぐや》にいい顔しなくていいですよ」

「君は輝夜《かぐや》ちゃんに厳しすぎ、お兄ちゃん」

「まだお兄ちゃんになれていないから苦労しているんです」

さすがに風呂《ふろ》は天条《てんじょう》さんの部屋のものを使ってもらった。

輝夜《かぐや》から順に入ってもらい、その間に俺の部屋のテーブルを片づけて借りてきたマットやら寝具《しんぐ》を敷《し》く。寝《ね》る準備ができると俺はキッチンの食器を洗っていく。

輝夜《かぐや》が風呂《ふろ》から出ると、次に天条《てんじょう》さんの番だ。

俺もその間に自室の風呂場《ふろば》でシャワーでさっと済ませる。

「早かったね。もっとゆっくりすればいいのに」

ベッドにもたれながら遠慮《えんりょ》なく寛《くつろ》いでいる輝夜《かぐや》。

「長風呂《ながぶろ》をしている間に、また部屋を漁《あさ》られたら嫌《いや》だからな」

「信用ないな」

「譲歩《じょうほ》はしたぞ」

「悠《ゆう》くんが家に戻《もど》れば、すべて丸く収まるのに」

輝夜《かぐや》はムキになる。

「またその話か。俺は戻《もど》らないって何度も言っているだろう」

「……悠《ゆう》くんが旅行に来てくれなくて、お義母《かあ》さんさびしがっていたよ」

「可愛《かわい》い娘《むすめ》がいれば十分」

「可愛《かわい》い息子《むすこ》がいたらもっと喜んだ」

「俺がいなくても錦家《にしきけ》は問題ないだろう？」

「そんなわけないじゃん！」

輝夜《かぐや》はやけに食い下がる。

「………誰《だれ》のために、家を出たと思っているんだよ」

「わたしのせいなんでしょう」

当時は駄々《だだ》っ子《こ》のように騒《さわ》いでいた輝夜《かぐや》も、さすがに気づいていた。

「無理して昔に引《ひ》き戻《もど》すことなんてない。俺には今の生活がある。輝夜《かぐや》は自分の都合だけで、周りが思い通りに動くと勘違《かんちが》いしている」

こいつの得意技《とくいわざ》は俺には通じない。

輝夜《かぐや》は悔《くや》しそうに押し黙る。

この話はどこまで行っても平行線だ。下手をすれば一生解決しないかもしれない。

もしもこのままならば俺の心が落ち着ける帰れる場所はどこにあるんだろう。

「はーい、夜も遅《おそ》いから大きな声は出さない。ふたりとも夜間の兄妹喧嘩《きょうだいげんか》は近所迷惑《きんじょめいわく》ですよ。このアパートの壁《かべ》は薄《うす》いから筒抜《つつぬ》けなんだから」

現れたパジャマ姿の天条《てんじょう》さんの髪《かみ》はまだ濡《ぬ》れたまま。

こちらの騒《さわ》ぎを聞きつけて、ドライヤーもかけずに戻《もど》ってきたようだ。

「すみません」「ごめんなさい」

「わかればよろしい。悠凪《ゆうなぎ》くん、ドライヤー借りてもいい？」

「どうぞ。洗面所にあります」

「ありがとう」

天条《てんじょう》さんは事務的な笑《え》みを浮《う》かべて、洗面所に向かう。

扉《とびら》越《ご》しにドライヤーの音が聞こえてくる。

俺はスマホを持って、一度廊下《ろうか》に出ると実家に電話をかけた。

「あ、母さん。俺だけど、今電話できる。うん。この前の旅行には行けなくてごめん。お土産《みやげ》もありがとう。それで、輝夜《かぐや》が俺の部屋に来ていて、今晩泊《と》まる。明日は買い物に行ってくるよ。え、輝夜《かぐや》の世話には慣れているから気にしないで。うん、タイミングがあればそっちにも帰るよ。俺は平気だから母さんも身体《からだ》には気をつけて。お義父《とう》さんにもよろしく。じゃあ」

部屋に戻《もど》ると、輝夜《かぐや》はこちらには背中を向けてベッドで横になっていた。

「お義母《かあ》さんに電話してたんだ？」

「一応な……明日、予定通りでいいか？」

「そのつもり」

「わかった」

「さっきはごめんなさい」

「俺も言い過ぎた」

「けど、帰ってきてほしいのはほんとうだよ。みんながそれを待っているから」

俺はそれに答えない。

わがままを言っているのは俺の方なのだろうか？

ふと、そんな風にも感じてしまう。

だけど、今さら家族四人で暮らすイメージが俺には上手《うま》く想像できなかった。

天条《てんじょう》さんが戻《もど》ってくると電気を消して、早々と就寝《しゅうしん》となった。

好きな人と同じ部屋で寝《ね》られるのに、ちっともドキドキしない。

それどころか輝夜《かぐや》があっさり天条《てんじょう》さんと同じベッドで寝《ね》ていることがなんか悔《くや》しかった。

いくら同性同士とはいえ輝夜《かぐや》のやつ、ズルいぞ。

と、徹夜《てつや》していた身体《からだ》は横になった途端《とたん》、眠《ねむ》りに落ちた。

※※※

「悠凪《ゆうなぎ》くん、起きて！」

目が覚めると、天条《てんじょう》さんが俺の顔を覗《のぞ》きこんでいた。

「あれ、いつ結婚《けっこん》したんでしたっけ？」

こんな美人に起こしてもらえるなんてなんて最高だ。朝からハッピーな気分で始められる。

「寝《ね》ぼけている場合じゃない！　輝夜《かぐや》ちゃんがいないのよ！」

「え？」

起きると、確かに輝夜《かぐや》の姿が見えない。

「てっきりトイレかと思ってたんだけど、カバンも靴《くつ》もなくなってて」

「また突拍子《とつぴょうし》もないことしやがって」

どうやら寝《ね》ている間に黙《だま》って先に家を出たようだ。

スマホをチェックすると輝夜《かぐや》からメッセージが入っている。

輝夜《かぐや》：約束の時間に現地集合でよろしく。

「なんのために一泊《いっぱく》したんだよッ！」

これだから輝夜《かぐや》に振《ふ》り回《まわ》されるのが嫌《いや》なんだ。

「これからどうするの？」

「予定通り、お台場《だいば》の方に行ってきます。見つけたら説教だ」

「悠凪《ゆうなぎ》くん、あの子をあまり子ども扱《あつか》いしないであげてね」

「こんな時も輝夜《かぐや》の肩《かた》を持つんですか？」

「そりゃ将来の妹の味方だから」

どうも俺が寝《ね》ている間に、天条《てんじょう》さんは輝夜《かぐや》となにか話したようだ。

「それは未来の楽しみが増えました」

俺はとりあえず着替《きが》えようとして、部屋着を脱《ぬ》ぐ。

「え、ここで着替《きが》えるの？」

「俺の部屋なので」

「アタシがいるんだけど」

「──、男の裸《はだか》やパンツくらいで興奮しないでくださいよ」

「しないよ！」

免疫《めんえき》の低い反応がなんてキュートなのだろう。

「いっそ、この前の体育倉庫の続きもしません？　ほら、寝起《ねお》きのキスをひとつ」

「しないってば！」

俺の好きな人が可愛《かわい》くて、ついからかいたくなる。


服を着替《きが》えて、リュックサックを背負って家を出る。

地元駅から電車を乗《の》り継《つ》ぎ、新橋駅《しんばしえき》からゆりかもめに乗《の》り換《か》える。レインボーブリッジを通《とお》り抜《ぬ》けて、東京の湾岸《わんがん》エリアを一望しながらお台場《だいば》へ。

目的地のダイバーシティ東京には、約束の時間より三十分前に到着《とうちゃく》した。

大地に立つユニコーンガンダムの白い威容《いよう》を見上げると男心は否応《いやおう》なく刺激《しげき》されてしまう。

ほんとうはもう少し眺《なが》めていたいが、早めに待ち合わせ場所へ向かう。

「しつこいな。どっか行ってよ」

我が妹はナンパされていた。

輝夜《かぐや》がウザったそうな顔をしていても、二十歳《はたち》を過ぎた二人組の男はしつこく声をかける。

「警察呼びますよ？」

俺はスマホを片手に構えながら話しかける。

「遅《おそ》いよ」

「遅刻《ちこく》はしていないはずだぞ」

「それでも遅《おそ》い」

輝夜《かぐや》はすぐ俺の後ろに回りこんだ。

声かけを邪魔《じゃま》された男たちは、俺が年下だと見るや露骨《ろこつ》に上から目線で強気になる。

おうおう、相手によって態度を変えるなんてダサいな。

「その子、まだ中学生。都条例に引っかかる。やっぱり即《そく》通報した方がいいかな」

「クソガキ、何様だよ！」

「こいつのお兄様だよ！　さっさと消えないと本気で通報するぞ！」

俺は大声を上げる。

周囲を行《い》き交《か》う人々の視線が集まると、男たちは尻尾《しっぽ》を巻いて逃《に》げ出《だ》した。

「悠《ゆう》くん、ありがとうぉ！」

輝夜《かぐや》は後ろから嬉《うれ》しそうに抱《だ》きついてくる。

「大丈夫《だいじょうぶ》か？」

俺は引きはがして、義妹《いもうと》と向き合う。

「平気。こういうのは慣れているし」

「大変だな。もう少し露出《ろしゅつ》を抑えた服装にすれば？」

老婆心《ろうばしん》ながらつい口を衝《つ》いて出てしまう。

虚勢《きょせい》を張るのには慣れていないから俺も内心はビビりまくりだ。

さっさと撤退《てったい》してくれてラッキーだった。

「むぅ！　それにせっかくのデートで気合いを入れてきたのに、その感想はマジ萎《な》える」

「可愛《かわい》いし、似合っている」

「最初から褒《ほ》めてよ」

「さて、さっさと買い物を済ませようぜ」

輝夜《かぐや》を無視して、先へ進む。

「デート！　そんな義務感みたいな言い方しないで。ねぇ！」

輝夜《かぐや》はデートであることを強調し、俺の手を握《にぎ》ってくる。

「歩きづらくない？」

「デートはこういうもの」

「義妹《いもうと》と手を繋《つな》いでいるの恥《は》ずかしいんだけど」

「他人からは兄妹《きょうだい》に見えないから安心して。恋人《こいびと》プレイだから！」

「恋人《こいびと》プレイ？」

「そう。今日一日はわたしを義妹《いもうと》とは思わないで」

「難易度の高い要求だな」

「いいから！」

輝夜《かぐや》は鼻歌交じりに、目当ての店のあるフロアに向かう。

「それで、今朝はなんで先に出ていったんだ？　遠海《とおみ》さんも心配していたぞ」

エスカレーターに乗って、上のフロアへ上がっていく。

「……いざ泊《と》まってみたら悠《ゆう》くんの部屋に馴染《なじ》みすぎちゃって」

「なにが問題なんだ？」

「あのままだとわたし、ほんとうに悠《ゆう》くんの義妹《いもうと》になっちゃう気がして……」

輝夜《かぐや》は怯《おび》えているみたいだ。

「俺は大歓迎《だいかんげい》なんだが」

輝夜《かぐや》はこちらに勢いよく振《ふ》り返《かえ》り、顔を近づけてきた。

「わ・た・し・が・嫌《いや》・な・の！」

「エスカレーターの上では無闇《むやみ》に動かないように」

「また子ども扱《あつか》いしてッ！　ふん、そんな風に言っていられるのも今の内」

そう言って連れてこられた場所を前にして、俺は確かに怯《ひる》んでしまう。

初手、ランジェリーショップである。

普段《ふだん》、男性には縁《えん》のない淡《あわ》い色味で溢《あふ》れた店内には様々な色形の下着がところせましと並んでおり、目のやり場に大変困る。

「さ、選ぶの付き合って」

輝夜《かぐや》はニヤリと白い歯を見せて笑う。

「無理だ」

「悠《ゆう》くんはどんな系統が好き？　セクシー系？　キュート系？」

「直視も厳しい」

「わぁー照れてる」

「俺は外で待っているからな」

逃《に》げようとしても引き留められる。

「恥《は》ずかしがらなくてもいいじゃない。ただの布だよ。服と変わらないってば」

「その小さな布が男には絶大な効果を発揮するんだ」

「試着した姿をチェックしていいよ」

「自分で好きに決めろ」

「ほら、こんなセクシーなのもあるよ。あれ、こんなところに穴が開いている」

輝夜《かぐや》は店先にあるアダルティーなデザインを指差す。

「中学生にまだ早い！」

「そう？」

「下着はさすがに勘弁《かんべん》してくれ」

俺の必死な懇願《こんがん》に、輝夜《かぐや》は満足げ。

「悠《ゆう》くん。わたしを子ども扱《あつか》いするくせにウケる」

「笑いたければ笑え」と俺は店に背を向けた。おまえの挑発《ちょうはつ》は大成功だよ。

「じゃあ、ちょっと待ってて」

輝夜《かぐや》が上機嫌《じょうきげん》でランジェリーショップにいる間、近くをブラつく。

ここの建物は吹《ふ》き抜《ぬ》けになっており、下のフロアの様子を見下ろすことができた。

ふと先ほど輝夜《かぐや》をナンパしていた二人組を発見する。

俺は面白《おもしろ》がって彼らを目で追いかけると、別の女性に声をかけていた。

「あの女の人、なんか見覚えがあるような……」

ロングヘアで小顔にサングラスをかけているからハッキリと顔はわからないが、雰囲気《ふんいき》だけで只者《ただもの》ではないのがわかった。遠目に見ても細身だがスタイルは抜群《ばつぐん》だ。

男たちが声をかけるも、その女性は一喝《いっかつ》して追《お》い払《はら》った。

「……あれって、まさか天条《てんじょう》さん⁉」

なぜここに来ているんだ。

こっそり後をつけてきたのか？　いや、そうとしか考えられない。この俺が彼女を見間違《みまちが》えるわけがない。

俺は天条《てんじょう》さんに電話をかける。

案の定、先ほどの女性はスマホを耳元に当てた。

『もしもし、悠凪《ゆうなぎ》くん。どうしたの？』

「天条《てんじょう》さん今どこにいます？」

『え、家だけど』

「ほんとうですか？」

『なんで疑っているの？』

「左を向いて、そのまま上を見上げてください」

『え？』

素直《すなお》な天条《てんじょう》さんは俺の指示の通りに動いた。

俺が上から手を振《ふ》っていることに天条《てんじょう》さんはすぐ気づいた。

『え、いつバレたの？』

「今さっきナンパを撃退《げきたい》した時に。いつから尾行《びこう》してたんです？」

『尾行《びこう》だなんて人聞きの悪い。アタシはただ休日にショッピングをしているだけよ』

「俺たちもいるお台場《だいば》まで？」

『たまたまよ』

「わざわざサングラスまでかけて」

『日差しが強いじゃない』

「建物の中ですよ」

『オシャレでもあるからね』

「言い訳、まだ続けますか？」

『…………ごめんなさい』

彼女はこちらに向けて手を合わせた。

「天条《てんじょう》さんって遠くからでもよく目立ちますね。あなたが美人だっていうのを再確認《さいかくにん》しました。本気で尾行《びこう》するならガッツリ変装した方がいいですよ」

『怒《おこ》らないでよ』

「別に怒《おこ》ってないですけど」

『その、ふたりのことが気になってつい来ちゃったの』

「まだ俺のこと信頼《しんらい》できないんですか？　やましいことなんて起きませんから」

『心配しているのは輝夜《かぐや》ちゃん』

その返答は予想外だった。

その真意を確認《かくにん》する前に輝夜《かぐや》が買い物を終えて出てきた。俺は通話を切る。

「胸のサイズ、やっぱり大きくなっていた」

「いちいち報告しなくていい」

「え、見ればわかるの？　悠《ゆう》くんのムッツリ」

「そんなわけあるか！」

服の上からカップサイズのわかる能力があるのなら俺も欲《ほ》しいさ。

次の服屋へ移動する前に、俺は下のフロアを見る。

天条《てんじょう》さんの姿はもう消えていた。

☼☼☼

服屋で輝夜《かぐや》の服選びに付き合いながらも、俺は視界の端《はし》で天条《てんじょう》さんの姿を探してしまう。

こちらの死角になる位置で隠《かく》れて観察している姿を発見するたびに、俺はメッセージを送りつける。

まるでかくれんぼだ。

レイユ：え、今度は見つからないと思ってたのに。

悠凪《ゆうなぎ》：近くの鏡に微妙《びみょう》に映りこんでました。

レイユ：悔《くや》しいな。次こそは！

天条《てんじょう》さんもこのリモートでのやりとりをかなり楽しんでいるようだ。

しかし、元来あんな目立つ人はかくれんぼには向いていない。

悠凪《ゆうなぎ》：いっそマネキンのフリをした方がバレないかもしれませんよ？

「ねぇ、悠《ゆう》くん聞いている！　こっちの色とどっちが似合う？」

輝夜《かぐや》は色違《いろちが》いのワンピースを両手に持っていた。

「どっちでも似合うよ」

「なんの参考にもならない。もっと具体的にオススメの理由が知りたい」

「好きなの着ればいいだろう。着るのは輝夜《かぐや》なんだから」

「悠《ゆう》くんに好きって言ってもらいたいの！」

女性のファッションは男性よりも選択肢《せんたくし》が豊富な分だけ難しい。

極端《きょくたん》に似合わないものや派手過ぎる色や柄《がら》、サイズが合っていないくらいなら辛《かろ》うじて判断できるが、これがアイテム同士の組み合わせにもなってくるとお手上げだ。

そもそも輝夜《かぐや》の容姿体型なら大抵《たいてい》の服は着こなせるし、チョイスがズレていることもないので、あとは好みの問題になってしまう。

そして、異性の服の好みについて俺から言うべきことはない。

「着る人に似合っていればいいと思う」

「曖昧《あいまい》な答え」

「じゃあ輝夜《かぐや》が着て、テンションが上がる方を選べ」

「んー。こっちの色は好きだけど似たようなものを持っているし、そっちは……」

鏡の前で服を交互《こうご》に当てながら一生懸命《いっしょうけんめい》に悩《なや》んでいる。

「いっそ両方買っちゃおうかな」

「決めきれないなら試着して比べてみれば？」

「そうする。ちょっと待ってて」

「ゆっくり悩《なや》んでいいぞ。また適当にブラついている」

「わかった」

輝夜《かぐや》は悩《なや》んでいる二着を持って試着室へ入っていく。

俺はその間にフロアを見渡《みわた》して、天条《てんじょう》さんの姿を探す。

店内のメンズの洋服を物色しながら歩いてみるが、やはり見当たらない。

俺がキョロキョロしているとふいに声をかけられた。

「え、錦《にしき》？」

名前を呼ばれて振《ふ》り返《かえ》ると、久宝院旭《くほういんあきら》と黛梨々花《まゆずみりりか》がいた。

「ニッキーじゃん。偶然《ぐうぜん》だね。ここでなにしているの？」

「それはこっちの台詞《せりふ》。ふたりで出かけているなんて珍《めずら》しいな」

「テスト明けに出かけるって誘《さそ》ったじゃん。で、ニッキーに断られたやつ」

「なるほど」

まさか場所が被《かぶ》るとは驚《おどろ》きだ。

「で、ニッキーは誰《だれ》と来ているの？」

「梨々花《りりか》。余計な詮索《せんさく》はしないで」

「気になるじゃん。まさかニッキー、ひとりってわけでもないでしょう」

「悠《ゆう》くん、これに決めたよ」

輝夜《かぐや》が試着室からカゴを持って戻《もど》ってきた。

俺に話しかけていた旭《あきら》と黛《まゆずみ》さんに、輝夜《かぐや》はいきなり不機嫌《ふきげん》になった。

「誰《だれ》？　悠《ゆう》くんをナンパ？　ウザ」

相手が年上だろうとお構いなし。足元にカゴを置いて、臨戦態勢だ。

「その口の悪い子、まさか錦《にしき》の彼女？」

旭《あきら》の方も微妙《びみょう》に喧嘩腰《けんかごし》だ。いつも以上にまとう空気が刺々《とげとげ》しいんですけど。

「そうだよ！　ねぇ！」と輝夜《かぐや》が元気よく嘘《うそ》をつく。

これみよがしに俺の腕《うで》に抱《だ》きついて、仲良しアピール。

なんで俺の友達を前にしても、堂々と恋人《こいびと》プレイを続けようとするの？

兄を辱《はずかし》める気なのか。やめろ、クラスで変な噂《うわさ》を立てられたら学生生活に支障をきたす。

「違《ちが》う。こいつは義妹《いもうと》だ」

「「義妹《いもうと》⁉」」

俺の答えに、ふたりは素《す》っ頓狂《とんきょう》な声を上げる。

「輝夜《かぐや》。彼女たちは俺の高校のクラスメイトの久《く》宝院旭《ほういんあきら》さんと黛梨々花《まゆずみりりか》さん」

俺が紹介《しょうかい》するも、輝夜《かぐや》は警戒《けいかい》を解かない。

挨拶《あいさつ》くらいしろよ。

「へぇーニッキーとあまり似ていないね」

「親の再婚《さいこん》でできた義理の妹だからな」

「そうなんだ。ふたりでデートなんて仲がいいんだね」

旭《あきら》と輝夜《かぐや》が一触即発《いっしょくそくはつ》な空気の中、黛《まゆずみ》さんの物怖《ものお》じしなさはほんとうに助かる。

「そう、デートだから邪魔《じゃま》しないで」

黛《まゆずみ》さんの反応に気をよくした輝夜《かぐや》は、少しだけ態度を軟化《なんか》させる。

「兄妹《きょうだい》にしては近すぎ。なんか誤魔化《ごまか》してない？」

旭《あきら》の方は率直《そっちょく》な物言いをする。

「誤魔化《ごまか》すってなにを？」

俺はその質問の意味がわからなかった。

「なんていうか……」

旭《あきら》は困ったように俺と輝夜《かぐや》に視線を配る。

「あなたも悠《ゆう》くんが好きなの？」

輝夜《かぐや》はたっぷり含《ふく》みをもたせて、からかうように言い放つ。

「はぁ？　そんなわけないでしょう！　なんで私が錦《にしき》なんて好きにならなきゃいけないのよ！」

おうおう、こんな公共の場でフラグが立っていないことを宣言しなくてもよかろう。

知ってたけどさ。

思わず苦笑《くしょう》しかない。

「おお、女同士の仁義なきバトルが勃発《ぼっぱつ》」と黛《まゆずみ》さんはいつの間にか俺の側《そば》に寄ってきていた。

「黛《まゆずみ》さん、面白《おもしろ》がっていないで止めてよ」

「ニッキーが仲裁《ちゅうさい》すれば？」

「俺が入ると、なんか火に油を注ぎそうで……」

「――わかってんじゃん」と黛《まゆずみ》さんはしたり顔だ。

「そういえばさ、さっきレイユちゃん先生に会ったよ」

「はぁ!?」

俺は今度こそ心臓が止まると思った。

「ニッキー、レイユちゃん先生と同じくらい驚《おどろ》いている。ウケる」

おいおい、それで急に天条《てんじょう》さんと連絡《れんらく》がとれなくなったのも納得《なっとく》だ。

「なんか話した？」

「気になる？」

「そりゃ、天条《てんじょう》先生みたいな人がこんなところにひとりだと」

「あれ、レイユちゃん先生がひとりで来ているって梨々花《りりか》言ったっけ？」

動揺《どうよう》が失言に結びついた。

「いや、もしも先生が彼氏《かれし》とかと一緒《いっしょ》なら、黛《まゆずみ》さんは真っ先に教えてくれそうだと思ってさ。違《ちが》ったかな？」

俺は咄嗟《とっさ》にそう言《い》い逃《のが》れてみる。半ば賭《か》けだ。

直感の鋭《するど》い黛《まゆずみ》さんなら、俺と天条《てんじょう》さんの関係を嗅《か》ぎつけるかもしれない。

「――――、うん、そうだね。ニッキーは梨々花《りりか》のことよくわかっているな」

いつも跳《は》ねるように話す黛《まゆずみ》さんのテンポがふいにゆっくりとなる。

「悠《ゆう》くん、また知らない女の人の名前が聞こえたんだけど！　別のレイちゃん？」

旭《あきら》との喧嘩《けんか》を飛《と》び越《こ》して、こちらに口を挟《はさ》んでくる。

「誰《だれ》よ、レイちゃんって」

旭《あきら》までも加わる。

「輝夜《かぐや》、その人は俺たちの担任の名前だ。旭《あきら》、レイちゃんっていうのはアパートの隣人《りんじん》のことだ。名前は遠海《とおみ》レイだから、レイちゃん。わかったか？　ふたりは別人だ」

俺はまるで天条《てんじょう》レイユと遠海《とおみ》レイが異なる人物であるように、双方《そうほう》に堂々と説明した。

人生でもっともポーカーフェイスを貫《つらぬ》いた瞬間《しゅんかん》である。

その両者が同一人物と結びつけられてはならない。

「「ならいいけど」」

輝夜《かぐや》と旭《あきら》は声を揃《そろ》えると、ふたたび相手と向き合う。

「とにかく、ただのクラスメイトならさっさと行きなよ。教室でいくらでも会えるでしょう」

「なんで年下にそんな言い方されなきゃいけないの」

輝夜《かぐや》と旭《あきら》はお互《たが》いに睨《にら》み合《あ》う。

このふたり、相性《あいしょう》が悪すぎだ。輝夜《かぐや》は遠慮《えんりょ》を知らないし、旭《あきら》はぶっきらぼうすぎる。お互《たが》いに尖《とが》った言葉を投げつけて、余計にエスカレートしていく。

「年上なだけで偉《えら》いの？　ちょっと先に生まれただけじゃん」

「口の利《き》き方が問題なのよ」

「当たり前にマウントをとってくる方も性格悪いよね」

「なにをッ！」

「なによ！」

「錦《にしき》が、義妹《いもうと》の連絡《れんらく》が多すぎるって困っているのよ」

教室での俺の様子を教えてしまう。

輝夜《かぐや》は言葉に詰《つ》まる。

「お兄ちゃんが好きなら程々《ほどほど》にしなさい」

「なんで初対面の人にそんなこと言われないといけないのよ」

「錦《にしき》は私ひとりだとどうにもならないことを助けてくれた。あいつが困っているなら手助けするくらいには義理を感じている」

そうか、旭《あきら》は義理くらい感じているのか。それは素直《すなお》に嬉《うれ》しかった。

「また悠《ゆう》くんはわたし以外にも人助けしているんだ……」

俺の方をチラリと見てきた。

「錦《にしき》のやつはお人好《ひとよ》しなんだ。必要以上に無理をさせるな」

旭《あきら》は強い語調で釘《くぎ》を刺《さ》す。

「そんなの、わたしだってよく知っている」

「じゃあ恋人ごっこなんてやめたら？　義理の妹は恋人《こいびと》にはなれないでしょう」

旭《あきら》はただの事実を指摘《してき》しただけだ。

そんなことは常識的にわかっている。

輝夜《かぐや》も当然わかっているはずだ。

だけど、それは一番言われたくないことなのかもしれない。

物理的に距離《きょり》を置いて、時間が経《た》てば、気持ちも変化すると信じていた。

一瞬《いっしゅん》黙《だま》りこんだ後、輝夜《かぐや》は店の外に出ていく。

俺はすぐに輝夜《かぐや》に追いついて、その手を摑《つか》む。

「放っておいてよ！」

「輝夜《かぐや》、いい機会だから聞いてくれ」

「嫌《いや》だ」

「俺はどうあってもおまえの兄貴だ。その感情は家族以外のものにはなれない。だけど一番の味方でいたい。輝夜《かぐや》のことが大事だし、ないがしろにはできない」

「一方的すぎ。わたしと一緒《いっしょ》じゃん」

「おまえは俺の義妹《いもうと》だ」

「それなら兄妹《きょうだい》なんてなりたくなかったッ！」

「そういう幼稚《ようち》な反発はやめろ。そのために周りに迷惑《めいわく》をかけているって気づけよ」

「悠《ゆう》くんこそ、いつまでわたしを子ども扱《あつか》いするの！」

俺は驚《おどろ》いて、手を放してしまう。

「悠《ゆう》くん、過保護すぎるよ」

そう言って輝夜《かぐや》はまた走っていってしまう。

今から走り出せば、見失う前にギリギリで追いつくはずだ。

追いかけようとしたが、その一歩が踏《ふ》み出《だ》せない。たった今投げかけられた言葉は俺の足を鈍《にぶ》らせるには十分すぎた。

わずかに迷っていると視界の端《はし》から見知った後ろ姿が長い髪《かみ》を揺《ゆ》らして、俺の代わりに輝夜《かぐや》の後を追ってくれた。

ここは天条《てんじょう》さんに任せよう。

「錦《にしき》、行かないの？」

「ニッキー、女子の機嫌《きげん》は水物なんだよ。今謝《あやま》り倒《たお》せば許してくれるよ！　たぶん！」

今ふたりに追いかけられると、下手をすれば天条《てんじょう》さんと鉢合《はちあ》わせしてしまう。

特に元陸上部の旭《あきら》の俊足《しゅんそく》なら十分にありえた。

俺は慌《あわ》てて、ふたりの前に立って進路を遮《さえぎ》る。

「ストップ！　これは兄妹《きょうだい》の問題だから、ふたりは行かなくていい！」

「いいの？　一応、言いすぎたから謝りたいし」

「ニッキーの薄情者《はくじょうもの》。見損《みそこ》なったぞ」

左右から詰《つ》め寄《よ》られつつ、俺は言い訳を捻《ひね》り出《だ》す。

「家族の事情だから詳《くわ》しく話せないけど、ここに至るまで複雑な経緯《けいい》があったんだ。悪いけど部外者には首を突《つ》っこんでほしくない」

あえて硬《かた》い言い方ではっきりと断る。

俺だって輝夜《かぐや》の心中ははっきりとわからない。

恋人《こいびと》プレイなんてことをするより、ふたりキッチンに並んで料理をしている時の方があの子にとっても無理がないように感じられた。

どうして兄妹《きょうだい》でいることを認められないんだろう。

「それは、そうかもだけど」

旭《あきら》は納得《なっとく》していない顔だが、俺の言い分を受け入れる。

「ええい、袖振《そでふ》り合《あ》うも他生《たしょう》の縁《えん》！　当たって砕《くだ》けろ！　行けばわかるさ！」と黛《まゆずみ》さんが無視して走り出そうとするのを、旭《あきら》が素早《すばや》く首根っこを摑《つか》んだ。

「アキアキ、放せよぉ。こんな面白《おもしろ》そうなことを、この梨々花《りりか》ちゃんが見逃《みのが》すなんて」

「本音が出たな。梨々花《りりか》は良くも悪くも厚かましいのよ」

旭《あきら》が嘆息《たんそく》する。

普段《ふだん》から黛《まゆずみ》さんの積極性に翻弄《ほんろう》されているからこそ、そのありがたみも迷惑《めいわく》っぷりもよく理解していた。

「錦《にしき》が大丈夫《だいじょうぶ》っていうなら信じるの」

「アキアキってばニッキーには甘くなーい？」

黛《まゆずみ》さんは意味深に目を細める。

「気のせいでしょう」

「いーや、この梨々花《りりか》ちゃんの目は誤魔化《ごまか》せないぞ」

「節穴のくせに」と旭《あきら》はピースサインを黛《まゆずみ》さんの目元にかざす。

「ぐわぁ〜目がぁぁ！　目がぁぁぁぁあっ！」

「大げさ。刺《さ》してないでしょう」

「いーや、アキアキの指先には殺意がこもっていた。刺突《しとつ》で梨々花《りりか》のプリティーなおメメを潰《つぶ》すつもりだった！」

プンプンと怒《おこ》った顔で頬《ほお》を膨《ふく》らませる黛《まゆずみ》さん。

そうこうしているうちに視界の端《はし》から輝夜《かぐや》の姿が完全に消えた。

頼《たの》みます、天条《てんじょう》さん。

俺は信じて待つしかなかった。

幕間《まくあい》三　安全な初恋《はつこい》の犠牲者《ぎせいしゃ》

「輝夜《かぐや》ちゃん」

階段の隅《すみ》で輝夜《かぐや》ちゃんは膝《ひざ》を抱《かか》えて顔を伏《ふ》せていた。

追いついたアタシは、そっと声をかける。

「レイちゃん」

暗い表情でこちらを見る。

「隣《となり》、座ってもいいかな」

さびしそうに縮こまる姿は、小さな子どものようだった。

アタシがそっと横に座ると、「どうしてここにいるの？」と訊《たず》ねてきた。

「あなたのことが気になって、こっそり来ちゃった。ごめんね」

「わたしを連れ戻《もど》すの？」

「ううん。このままアタシと一緒《いっしょ》に帰らない？」

「レイちゃんは残っていいよ」

「ウーン、実はアタシもここには居づらくてさ。別に気にしないで。そうだ、食べ歩きでもしながらちょっと話さない？」

輝夜《かぐや》ちゃんは小さく頷《うなず》いた。

彼女を連れて、下のフードコートまで降りる。二人分のクレープを買う。

「クレープ、ごちそうさまです」

「いいえ、どういたしまして」

外に出ると気持ちよく晴れており、食べ歩きには絶好の陽気だ。

ゆっくり歩きながらお台場《だいば》海浜公園《かいひんこうえん》まで向かう。

「気分が乗らない時には甘いものよね。クレープって久しぶりに食べたけど、美味《おい》しい」

アタシの感想に輝夜《かぐや》ちゃんは答えない。黙々《もくもく》と自分のクレープを食べていた。

とりあえず食欲があるうちは大丈夫《だいじょうぶ》だ。

「レイちゃん。わたし、ずっとグラグラしてる」

海が見えてきた頃《ころ》、輝夜《かぐや》ちゃんは打ち明けた。

「グラグラって？」

「悠《ゆう》くんに帰ってきてほしいのに、お兄ちゃんになってほしくない自分もいるの……」

「悠凪《ゆうなぎ》くんのことが好き？」

「うん」

「その好きは、兄妹《きょうだい》としてのものだけじゃないんだ？」

「ふたりきりなら大丈夫《だいじょうぶ》なの。だけど悠《ゆう》くんが別の女の子たちと楽しそうに話していたら、急に腹が立って、それで……」

「お兄ちゃんをとられると嫉妬《しっと》して逃《に》げちゃった？」

「わたしが我慢《がまん》できないから、結局また悠《ゆう》くんに迷惑《めいわく》ばかりかけてる」

輝夜《かぐや》ちゃんは自己《じこ》嫌悪《けんお》に沈《しず》む。

これくらいの年頃《としごろ》ならまだまだ自分の感情や行動を上手《うま》く制御《せいぎょ》できないから、本人でも思ってもいないような失敗をして、それをクヨクヨと引きずってしまう。

「恋人《こいびと》と義妹《いもうと》は両立できないものね」

その悩《なや》みは極《きわ》めて健全で、常識的だった。

この子はその振《ふ》る舞《ま》いより、ずっと大人な考え方ができている。

頭ではしっかりわかっているからこそ悩《なや》んでいた。

錦輝夜《にしきかぐや》は〝恋人《こいびと》になりたい自分〟と〝義妹《いもうと》でいたい自分〟の間で揺《ゆ》れる。

どっちも本音。だけど、どちらも選べずにいた。

それはとても切なくて苦しいことだ。

アタシもよくわかる。

「悠《ゆう》くんの好きは家族としてのものだってわかっている。最初からそうだったし、わたしがどんなに甘えても変わらなかった」

輝夜《かぐや》ちゃんは悠凪《ゆうなぎ》くんを想《おも》って、ふたつの大事な感情のうち、片方を必死に捨てようとしていた。

「輝夜《かぐや》ちゃんの愛情は違《ちが》うの？」

アタシは代わりに言葉にすると、彼女は頷《うなず》いた。

「離《はな》れて暮らす間に、自分でも落ち着いたと思ったの。だからゴールデンウィークに思い切って悠《ゆう》くんの部屋に行って、家に帰るように説得するつもりだった。……だけど、会って話すとやっぱりお兄ちゃんとは思えなくて」

輝夜《かぐや》ちゃんは苦しげに呟《つぶや》く。

「簡単に割り切れたら苦労しないよね」

それはアタシ自身にも言えた。

どうしようもなく、この子に自分の立場を重ねてしまう。

恋《こい》してはいけない人に想《おも》いを寄せる苦しさは痛いほどわかった。

「わたし、お母さんが早くに死んじゃったからずっとさびしかった。色んな人に構ってもらえると安心できた。でも、悠《ゆう》くんだけは違《ちが》った。ただ話して、気にかけてくれるだけじゃ足りないって思って……」

「それでも、輝夜《かぐや》ちゃんの好き好き攻撃《こうげき》は悠凪《ゆうなぎ》くんには通じなかった」

「うん。ぜんぜん効かなかった。だけどずっと優《やさ》しくて……」

「そういうのが無償《むしょう》の愛でしょう」

「無償《むしょう》の愛」と輝夜《かぐや》ちゃんは噛《か》み締《し》めるように繰《く》り返《かえ》す。

どれだけ尽《つ》くしても見返りを求めない愛を実践《じっせん》する。

それはたとえ実の肉親でも難しいことだ。

「どうして上手《うま》くいかなかったと思う？」

ここまで聞いて、アタシなりの答えは出た。

「レイちゃん、わかるなら教えてよ。ねぇ」

救いを乞《こ》うように、アタシの上着の裾《すそ》を摑《つか》む。

「厳しいことを言うよ。構わない？」

「わたし、もう悠《ゆう》くんのことで苦しい思いはしたくない」

わかった。アタシも心を鬼《おに》にしよう。

「輝夜《かぐや》ちゃんのやり方って物凄《ものすご》く自己中心的なのよ。周りから好かれるようにさり気なく誘導《ゆうどう》して、相手が自分から動いた気にさせる。そして都合が悪ければ自分は被害者《ひがいしゃ》として相手に責任を押しつけて、切り捨てればいい。四人家族を三人とひとりに分けたみたいに」

輝夜《かぐや》ちゃんは息を吞《の》む。

「大勢に愛されるのは誰《だれ》でも簡単にできることじゃない。それは立派な才能。でも他人を振《ふ》り回《まわ》す無邪気《むじゃき》がいつまで許されるんだろう。大人なら分別を覚えるべきだよ」

アタシはあえてキツイ言葉を選ぶ。

先ほど輝夜《かぐや》ちゃんが懺悔《ざんげ》のように胸中を一気に吐《は》き出《だ》せたのも己《おのれ》の最終的な結論に気づいているからだろう。

「違《ちが》う、わたしは本気で……」

お兄さんを傷つけた罪悪感に遅《おそ》まきながら気づいて、震《ふる》えている。

「彼に女として愛してほしかったなら子どもみたいに可愛《かわい》がってもらうだけで満足していないで、なりふり構わず誘惑《ゆうわく》でもして襲《おそ》わせればよかったのよ」

アタシは無感情な声で悪魔《あくま》のように囁《ささや》く。

我ながら見事な芝居《しばい》をしている。

当の自分は襲《おそ》う覚悟《かくご》も襲《おそ》わせる度胸もない。

自分の事情を棚上《たなあ》げするような大人のずるさを嫌《いや》に思う。

それでもアタシは白々しく、アドバイスというには生々しい毒を差し出す。

「!? そんなの、できるわけ、ない」

輝夜《かぐや》ちゃんは硬直《こうちょく》していた。

この子も、いつまでも純粋無垢《じゅんすいむく》な天使を気取ってはいられない。

だけど欲望のままに堕落《だらく》できない程度には、大人の理性を持ち合わせている。

恋愛《れんあい》は夢見るだけでは続かない。

生臭《なまぐさ》くて、面倒《めんどう》で、割り切れない。

「あなたはちゃんと、しちゃいけないことがわかるくらいには大人。越《こ》えてはいけない一線がしっかり見えている。なにより悠凪《ゆうなぎ》くんが自分に決してそういうことをしないと心の底では、とっくにわかっている。彼は信頼《しんらい》できる異性で、一番近くで安心して甘えることができた。さびしさと孤独《こどく》を抱《かか》えた輝夜《かぐや》ちゃんにとって安全な初恋相手《はつこいあいて》だったのよ」

悠凪《ゆうなぎ》くんの愛情の強さも、理性の強さもアタシは身をもって知っていた。

誰《だれ》より近くにいても相手が傷つかないように我慢《がまん》のできる男だ。

だから断言できる。

悠凪《ゆうなぎ》くんの人格、義兄《ぎけい》という立場、再婚《さいこん》した家族、すべての要素をストッパーとして利用することで錦輝夜《にしきかぐや》のわがままな初恋《はつこい》は最初から実らないようになっていた。

「……どうして初恋《はつこい》の相手がお兄ちゃんだったんだろうって、ずっと悩《なや》んでた。だけど反対なんだ。叶《かな》わないから好きなんだ」

錦輝夜《にしきかぐや》は憑《つ》き物《もの》が落ちたように理解したようだ。

「ねぇレイちゃん。初恋《はつこい》が実らないって、きっと本物の恋《こい》をするための練習なのかも」

「そうだといいね」

輝夜《かぐや》ちゃんは急に砂浜《すなはま》に駆《か》けだして、海に向かって叫《さけ》んだ。

他の人が大勢いてもお構いなしに大声を張り上げた。

何度も何度も、自分の中に溜《た》まっていたものを吐《は》き出《だ》そうとしているようだった。

肩《かた》で息をするほど叫《さけ》んだ後、輝夜《かぐや》ちゃんは自分の顔を両手で拭《ぬぐ》った。

そして振《ふ》り返《かえ》る。

「わたしのせいで悠《ゆう》くんが家族から離《はな》れたなら、償《つぐな》いたい。うちの家族はみんなお義兄《にい》ちゃんのことが大好きなの！　だから安心だと思って、帰ってきてもらいたい」

輝夜《かぐや》ちゃんは目元を赤くしながらも、ハッキリと答えた。

「もう心のグラグラは収まった？」

「まだ、かな。でも原因がわかって少しはマシになった。悠《ゆう》くんがとてもいい男で、わたしにとって特別なお兄ちゃんで、だからこそ絶対に家族でいるべきなんだって」

そこに浮《う》かぶ笑顔《えがお》はもう少女のものではなかった。

「輝夜《かぐや》ちゃん、傷つけてごめんね」

「ううん。レイちゃんのおかげで、わたしは自分がした酷《ひど》いことに気づけた」

そこに立つのはもう無邪気《むじゃき》な子どもではない。

わがままを言う、甘えもする、腹も立てる、そんな悠凪《ゆうなぎ》くんの可愛《かわい》い妹さんだ。

「ねぇ、レイちゃんは好きな人いる？」

「いるよ」

「どんな人？」

「秘密なの。そういう協定《きょうてい》を結んでいるから」

「そうなんだ。いつか教えてね」

年下の少女は自分の禁じられた恋《こい》の清算に目途《めど》をつけた。

ならば天条《てんじょう》レイユもまた例外扱《あつか》いされるのは――フェアじゃない。

大人として、きちんとケジメをつける。

悠凪《ゆうなぎ》くんはまだ高校生だ。家族と暮らせるのなら暮らすべきだ。輝夜《かぐや》ちゃんもそれを望んでいる。

アタシの個人的な感情なんて取るに足らない。

すべてが元に戻《もど》ることこそ、誰《だれ》が見ても一番正しい結末だ。

高校生はふつうに親元で暮らし、教師が生徒の手料理を毎日食べたりはしない。

秘密なんてない方がいいに決まっている。

「輝夜《かぐや》ちゃん。後のことはアタシに任せてもらえない？」

アタシは最後に自分がすべきことを決めた。

第四章　夕凪《ゆうなぎ》に想《おも》う

天条《てんじょう》さんから輝夜《かぐや》と合流して帰宅したという連絡《れんらく》を受けて、俺も帰ることにした。

「これ、義妹《いもうと》さんに渡《わた》して。お詫《わ》び。中学生相手に大人げなかった」

旭《あきら》はわざわざ輝夜《かぐや》がレジに持っていきそびれた服を買って、俺に渡《わた》してくれた。

「おまえ、ほんとうにいいやつだよな」

俺の中の久宝院旭《くほういんあきら》の評価が急上昇《きゅうじょうしょう》した。

ぶっきらぼうに思えても、情に厚くて律儀《りちぎ》だ。

「ちょ、梨々花《りりか》も半分は出したから！　くれぐれも義妹《いもうと》ちゃんと仲直りしてね」

黛《まゆずみ》さんも相変わらずの元気さだが、その気遣《きづか》いがありがたい。

「ふたりともありがとう。必ず渡《わた》すよ」

俺自身が買ったものと合わせて、リュックサックに入れる。

「ちゃんと手渡《てわた》しするように。宅配便で送って、電話やメッセージで済ませるなよ」

「そうそう。直接足を運んでくれることに意味があるんだから」

「お、おう。肝《きも》に銘《めい》じておくわ」

こちらの弱気を見抜《みぬ》くように女子ふたりは釘《くぎ》を刺《さ》す。

もう正直、俺には輝夜《かぐや》の気持ちがわからずお手上げだった。なにを考えているのか、さっぱりわからない。どう接したらいいのか、困ってしまう。

いっそ手の施《ほどこ》しようもないほど盛大《せいだい》な兄妹喧嘩《きょうだいげんか》に発展すれば家に寄りつかないで済む口実になるのに……。

「喧嘩《けんか》したって仲直りできるのが兄妹《きょうだい》じゃないの？　私、ひとりっ子だから知らないけど」

「ニッキーにもガキみたいなところあるんだねぇ」

かくして俺は、輝夜《かぐや》に服を渡《わた》して仲直りするために実家に帰らざるを得なくなった。

輝夜《かぐや》が落ち着いて話せるように一日ほど置いて帰省する。

冷却《れいきゃく》期間《きかん》を置けば、仲直りもしやすいか。

「……輝夜《かぐや》と本気で喧嘩《けんか》したの、そういや初めてか」

日曜日だから仮に輝夜《かぐや》が出かけていても、最悪夜まで待てば帰ってくるだろう。


そして翌日。朝から見事な晴天で、気温もぐんぐん上昇中《じょうしょうちゅう》。

五月なのに真夏並みの陽気になりそうだ。

午前中は洗濯《せんたく》と部屋の掃除《そうじ》を済ませる。今日は気持ちよく衣類が乾《かわ》きそうだ。

「おはよう！　天気いいから、一緒《いっしょ》に海に行かない？　行くでしょう。行くしかないよね！」

玄関《げんかん》の扉《とびら》を開けると、天条《てんじょう》さんに海へいきなり誘《さそ》われた。

サングラスで、白い歯の眩《まぶ》しい笑顔《えがお》で誘《さそ》ってきた。ギャルノリがすぎる。

アクセル全開、テンションMAXで出発が待ちきれないという様子。準備万端《ばんたん》で足元にはお出かけ用の大きなトートバッグが置いてある。

「……二日続けてアクティブですね」

「休みの価値は大人になるほど増すの。ダラダラしてたら、あっという間におばあちゃんよ。大人にとって自由な二十四時間がどれほど貴重なのか？　気づいた時には自由に使える時間は簡単には手に入らなくなる。それが学生時代との最大の違《ちが》い！」

玄関先《げんかんさき》で休日の有効活用を力説する。

いきなりすぎて、まだその勢いについていけていない。

「大変ですね、社会人。ゆっくり休んでいた方が回復するのでは？」

「遊ぶのも立派な回復法」

「じゃあ、他のお友達を誘《さそ》う方が気兼《きが》ねないのでは？」

「親友は本日、ＢＢＱという名の屋外合コンだから付き合えないって」

「真の肉食系っすね。じゃあ、ひとりでは？」

「カップルだらけのエリアにひとりで行くのはしんどいってば。ナンパとかウザいし」

「それは確かに」

心がざわつく。昨日も声をかけられていたし、天条《てんじょう》さんをひとりにしていたら心配だ。

「でも、なんでまた急に海へ？　もうすぐ昼ですよ」

海へ行くには出発するのが遅《おそ》いような。

「改めてね、ゴールデンウィークの穴埋《あなう》めをしたいなと思って。ちなみに行くのは湘南《しょうなん》・鎌《かま》倉《くら》方面だから日帰りで十分行けるよ」

天条《てんじょう》さんはどうしても今日行きたいらしい。

出かけるには最高の陽気だ。部屋に引きこもっているのはもったいない。

「もちろん本心としては喜んで行きたいですけど、それって隣人協定的《りんじんきょうていてき》にはアウトでは？」

了承《りょうしょう》したい一方、定めたルールを軽々しく無視するわけにもいかない。

「クルマは移動する箱、つまり広義の解釈《かいしゃく》では部屋の延長よ。隣人協定《りんじんきょうてい》の第一条、隣同士《となりどうし》なのはふたりだけの秘密。これは破ってないでしょう」

「かなり強引《ごういん》な解釈《かいしゃく》ですね」

ふたりの関係が第三者にバレなければいいという大前提には抵触《ていしょく》していない。

むしろ昨日の方が遥《はる》かに危《あや》うかった。輝夜《かぐや》、旭《あきら》、黛《まゆずみ》さんが揃《そろ》っており、下手をすればその場で遠海《とおみ》レイの本名が天条《てんじょう》レイユで、担任であることが芋《いも》づる式にバレていただろう。

それに比べれば今日の遠出の方が安全だ。

「アタシも今日一日は遠海《とおみ》レイとして過ごすから。お隣《となり》さんとの外出ならいいでしょう？」

便利だな、遠海《とおみ》レイ。思いつきの割に大活躍《だいかつやく》だ。

「まぁ、近場でなければ大丈夫《だいじょうぶ》か」

クルマで移動するような遠方であれば、さすがにクラスメイトと会うとは考えにくい。

なにより、昨日は輝夜《かぐや》のことを任せてしまった大きな借りもある。

「レンタカーだって予約して支払《しはら》い済《ず》みなの。ねぇ、悠凪《ゆうなぎ》くん付き合って。お願い」

ダメ押しとばかりに付け加えた。

顔の前で手を合わせて、おねだりするような上目遣《うわめづか》いにグッとくる。

「まぁ天条《てんじょう》さんがそこまで言うなら」

こんな風にお願いされて断れる男はいない。

渋々了承《しぶしぶりょうしょう》した風を装《よそお》っているが、内心は拍手喝采《はくしゅかっさい》エレクトリカルパレードなお祭り騒《さわ》ぎ。

やった、天条《てんじょう》さんとお出かけだ。

おすそわけがあるように、外出のお誘《さそ》いがあっても不思議じゃない。

「はい、ダウト！　今日のアタシは遠海《とおみ》レイだから、それ以外の呼び方は禁止」

「遠海《とおみ》さんとか言い慣れないいな」

「じゃあ、レイでいいよ。これなら大差ないでしょう？」

天条《てんじょう》さんは実にあっさりと下の名前呼びを許可してくれる。

レイユ、と気安く呼び捨てにできるほど俺は美人で年上相手の扱《あつか》いに慣れていない。

「じゃあレイさん。すぐに準備してきます」

「はーい、じゃあアパートの前に止めてあるクルマで待っているね」

降って湧《わ》いたまさかの展開に顔のにやけが抑《おさ》えられない。

大急ぎで昨日のままのリュックに、財布《さいふ》とスマホ、鍵《かぎ》とタオルと思いつくものを適当に放りこむ。

いいか、錦悠凪《にしきゆうなぎ》。こういうのは勢い。迷ってはダメだ。

行くと決めたからには恐《おそ》れず全力で楽しめ。

俺は今どき珍《めずら》しいほどに近所付き合いを大事にする男だ。


クルマは安全運転で快調に飛ばし、高速道路へ入っていく。

ついこの前にゴールデンウィークがあったせいか、交通量は比較的《ひかくてき》少ない。俺たちを乗せたクルマはスムーズに進んでいく。

そのスピード感に反して安定した走行は非常に乗《の》り心地《ごこち》がいい。

車内で流れるラジオの軽快なトークと絶妙《ぜつみょう》な選曲で、俺の気分も俄然《がぜん》高まっていた。

「先生って」

「呼び方」

俺は冷静を装《よそお》いながら言い直す。

「レイさんって運転もお上手なんですね」

助手席に座った俺は彼女の腕前《うでまえ》に感心してしまった。

意外というか、ふつうに運転できている。

「旅行とか帰省した時にはクルマも運転するからね」

「もっとヒヤヒヤさせられるかと思ったので、いい意味で拍子抜《ひょうしぬ》けです」

「アタシはきちんと法律を守る大人ですから」

レイさんは得意げだった。

その意味合いは俺たちの関係性のことを言っているみたいで笑ってしまう。

今日の装《よそお》いは夏っぽいアクティブなものだ。ノースリーブに動きやすいパンツスタイルというシンプルながら、天条《てんじょう》レイユのポテンシャルが十二分に発揮された服装である。

ハンドルを握《にぎ》る白くて細い腕《うで》が眩《まぶ》しい。

「日射《ひざ》しで暑かったら適当にクーラーの温度下げてね」

「これ以上ヒートアップしないように気をつけます」

目的地にもついていないのに、俺の心臓は静かに高鳴る。

冷静に考えてみれば、これは完璧《かんぺき》にデートのようなものではないか？

偶然《ぐうぜん》、近所のスーパーで出会って帰り道を一緒《いっしょ》に帰ったこともあったが、今回はきちんと誘《さそ》われて外出している。まったくもって突発極《とっぱつきわ》まりないお誘《さそ》いだが結果オーライ。

うん、デートだ。そういうことにしておきたい。

「しかし、なんでまた海へ行こうと思ったんですか？」

「海を見るのが好きなんだ。今日は無性《むしょう》にそういう気分でさ」

水泳部の顧問《こもん》を務めているし、この人はずいぶんと水が好きな人らしい。

「ねぇお腹空《なかす》かない？　次のサービスエリアで軽く休憩《きゅうけい》しよう」

「賛成です」

「ねぇ、ところで高速道路沿いってなんで変な形の建物が多いんだろうね」

レイさんは軽い雑談のつもりで、際《きわ》どい質問を投げかけてくる。

「あれ、ラブホテルですよ」

「え、そうなの⁉」

彼女の肩《かた》に力が入る。その動揺《どうよう》により、クルマがわずかに揺《ゆ》れた。

おっと、運転中にこの手の話題は危なそうだ。

「へ、へぇ～そうなんだ」

「興味あるんですか？」

「違《ちが》う！　ただ、お城みたいなものや妙《みょう》に派手だったり、変わった建物をたまに見かけるから、なんだろうなって……」

レイさんは慌《あわ》てて弁明する。

何気なく見ていた建物が男女の営みを行う場所だと知ったせいで、当たり前の景色の意味が少しだけ変わってしまった。

「…………」

「…………」

完全に話題のチョイスをミスした。会話が続かない。

横目で彼女の様子を見れば、赤くなった顔で唇《くちびる》をきゅっと萎《しぼ》ませていた。

「や、やっぱりこの手の話題はダメね。知識に疎《うと》くて」

「俺もまともに答えてすみません」

「と、とにかく一旦休憩《いったんきゅうけい》しようか？」

「え、休憩《きゅうけい》⁉」

俺は驚《おどろ》く声を上げると、彼女は不可解そうな反応を示す。

レイさんが滑《なめ》らかな手つきでハンドルを回してサービスエリアに滑《すべ》りこんでいく間に、俺が休憩《きゅうけい》を別の意味で勘違《かんちが》いしたことを仕方なく説明する。

「悠凪《ゆうなぎ》くんのエッチ！」

はい、否定のしようもありません。興味津々《きょうみしんしん》なお年頃《としごろ》です。

無事にクルマを止めて、車外に下りた彼女はサングラスを外す。

「くぅーここまで安全運転！　よかったよかった！」

腕《うで》を上げて、大きく背伸《せの》びをして腰《こし》を回すなど身体《からだ》を解《ほぐ》していく。

やっぱりスタイルがいい。綺麗《きれい》なボディーラインに惚《ほ》れ惚《ぼ》れしてしまう。

「ひとりで運転させてすみません。俺も免許《めんきょ》を持っていたら交代できるんですけど」

「大学生になってからでもゆっくり取ればいいじゃない」

「その時はまたドライブ行きましょう」

「……そうだね」

「レイさん？」

そのかすかな間にわずかな違和感《いわかん》を覚えた。

「さて、運転するとお腹空《なかす》くんだよね。お店も色々あるから悩《なや》んじゃうな」

「好きに食べましょうかね」

トイレ休憩《きゅうけい》をしてからお店を回る。

「疲《つか》れていると甘いものが欲《ほ》しくなるよね。まずはソフトクリーム！」

ふたり分のソフトクリームを買って、その場で食べる。

「ん～冷たくて味も濃《こ》い」

「ソフトクリームって久しぶりに食べましたけど美味《うま》いな」

「外で食べるとイベント感も相まって最高だね」

「今日はずっとテンション高いですよね？」

お隣《となり》さんは笑顔《えがお》を絶やさない。

「そう？」

「なんとなく、そんな気がして」

「日帰り旅行だよ。テンション上げなくてどうするの？　それとも車酔《くるまよ》いでもした？」

「平気です。ただの勘違《かんちが》いでした」

俺は自分のソフトクリームを大口で食べる。

彼女も味わうように舐《な》めていく。

「ソフト食べたら、お次はどうしよう？」

「焼きそばや肉串《にくくし》にも惹《ひ》かれますね」

「こういう時に食べるガッツリ系ってやたらと美味《おい》しく感じるよね」

「わかります。見ているだけで勝手にお腹《なか》が空《す》いてヤバイです」

「若いなぁ、さすが高校生」

「レイさんだって、この前俺が作った唐揚《からあ》げをバクバク食べていたじゃないですか」

「バクバクじゃなくてパクパクくらいよ。だって美味《おい》しいんだもの」

「気に入ってくれたなら、またいくらでも作りますよ」

この人のためなら喜んで料理の腕《うで》を振《ふ》るうし、さらに磨《みが》いていこう。

「君はいい男だよ。どこに出しても恥《は》ずかしくない」

俺の好きな人は穏《おだ》やかに微笑《ほほえ》む。

その澄《す》ました面差《おもざ》しはなぜか教室で見上げる天条《てんじょう》レイユよりも大人に思えてしまう。年齢《ねんれい》が急に変わるわけでもないのに変な話だ。

いつもならその美しさに見惚《みと》れているところだが、むしろ存在が遠く感じた。

「悠凪《ゆうなぎ》くん？　どうした？　アタシ、褒《ほ》めすぎちゃった？」

俺の顔の前で手を振《ふ》られた。

白く細い指先は色っぽい。

「そうですね。浮《う》かれてボーっとしちゃいました」

「クルマの中では寝《ね》ててもいいよ」

「ドライバーの話し相手になるのは助手席の役目なので」

「無理しないで。睡眠《すいみん》は大事だから」

「ベッド以外でレイさんと長時間こんな近くにいるのは初めてなんだから緊張《きんちょう》するに決まっているじゃないですか」

俺はからかうように笑う。

「訂正《ていせい》。君に気を遣《つか》う必要なかった」

「楽でいいでしょう？」

「否定はしないけど」

「少なくとも嫌《いや》な相手はドライブに誘《さそ》わないと思いますけど？」

彼女は照れたように顔を逸《そ》らした。

※※※

「無事に到着《とうちゃく》！　海だ！」

「運転お疲《つか》れ様《さま》でした！」

再びクルマを駆《か》ること一時間弱、ついに目的地の海に到着《とうちゃく》した。

視界いっぱいに広がるオーシャンビューは開放感に溢《あふ》れる。

煌《きら》めく日射《ひざ》し、絶え間なく形を変える海、打ち寄せる波の音、潮風、砂の感触《かんしょく》。

すべてが非日常に思える。

完全に夏を先取りしたような暑さに誘《さそ》われて、海岸は多くの人であふれ返る。

地元民や俺たちのような遠方からの観光客は早くも水着になって海と戯《たわむ》れ、サーファーが幾《いく》人《にん》も波に乗っていた。白波の上を斜《なな》めに滑《すべ》り降《お》りていく様は見事なものだ。

俺たちは駐車場《ちゆうしやじよう》にクルマを止めて、海岸を歩く。

「やっぱり今日は人が多いですね」

「見ていると泳ぎたくなる」

横でウズウズしていた。気持ちはわかる。

「水着、持ってきているんですか？」

「さすがに今日は持ってきていないよ」

「海の正装ですよ。忘れるなんてマナー違反《いはん》じゃないですか」

「本音は？」

「あなたの水着姿がまた見たかったですッ！」

男・錦悠凪《にしきゆうなぎ》、魂《たましい》からの叫《さけ》び。

今も脳裏《のうり》に焼きつく風呂場《ふろば》に入ってきた天条《てんじよう》レイユの水着姿は眼福だった。

「水泳部に入部すれば、いつでも見られるじゃない」

「そういう下心全開の厚かましい真似《まね》をしたら嫌《いや》がるでしょう？」

「わかっているじゃん」

「見直しました？」

「だからって他の女の人の水着を見ちゃダメだよ」

「今日の混雑っぷりなら勝手に視界に飛びこんできますけど。目を瞑《つぶ》って歩けっていうんですか？」

「じゃあジロジロ見ない」

「ささやかな譲歩《じょうほ》だな」

「……そんなに女の人の水着が見たいの？」

「レイさんの水着姿が見たいんです」

「正直者」

「嘘《うそ》つきよりはマシでしょう？」

「限度がある」

「これでもかなり我慢《がまん》しているんですよ？」

「知っている。だけど、まだダメ」

指で小さく×を作って、彼女はにこやかに禁止を言《い》い渡《わた》す。

うーん、年上なのにとても可愛《かわい》い。

学校での凛々《りり》しい姿とのギャップに俺はやられてしまったのだ。

いつまでも眺《なが》めていられる。

「焦《じ》らしプレイだ」

「また変なこと言って！」

俺の腕《うで》を軽く叩《たた》きながら、彼女は大口を開けて笑っていた。

近所や学校と違《ちが》って、知り合いの人目を気にする必要がない。ここには俺たちの関係を知らない他人だけだ。その解放感がいつも以上に俺の心を軽くしているのだろう。

人間は基本的に我慢《がまん》させられるのが嫌《きら》いな生き物だ。

ところが好きな人とのやりとりならば、その我慢《がまん》さえ娯楽《ごらく》にもなってしまうのだから実に不思議なものだ。

「連れてきてくれてありがとうございます」

俺の頬《ほお》も緩《ゆる》みっぱなしだ。

ドライブの時間を経て緊張《きんちょう》は抜《ぬ》けて、今は気楽にふたりの時間を楽しめていた。

強い海風が彼女の長い髪《かみ》を揺《ゆ》らす。

遠くを見つめる白い横顔。まつ毛は長く、鼻は高く、耳の形は綺麗《きれい》で、細いあごのラインが美しい。髪《かみ》を押さえる腕《うで》のしなやかさ。

輝《かがや》く海をバックにした彼女は神秘的でなんて絵になるのだろう。

見ているだけでどんどん虜《とりこ》になってしまう。

「さて、少し遅《おそ》いけどランチでも食べに行こうか？」

振《ふ》り返《かえ》ったレイさんは、いつもの気のいいお姉さん風に砕《くだ》けた顔になる。

「今日食べてばっかりじゃないですか？」

「いいじゃないの。食も立派な旅の目的よ。ずっと太陽の下にいるのも暑いし」

「そうですね」

俺たちは近くのカフェに入る。

普段《ふだん》は都心のチェーン店くらいしか利用しないから、こういうオシャレな店内は慣れない。

大人な彼女は店員さんの案内にも戸惑《とまど》う様子がない。きっとお友達とか女子会などで幾度《いくど》もオシャレなお店に足を運んでいるのだろう。

こういう時、場数の少なさが露呈《ろてい》して少し恥《は》ずかしかった。

高校生の懐事情《ふところじじょう》ではこういう値段の張るメニューばかりのお店に通うのは厳しい。

SNSにいる芸能人かと見まがうキラキラした美男美女がふつうに店員をやっていた。

冷房《れいぼう》の効いた店内。ランチタイムのピークは過ぎており、上手《うま》い具合に眺《なが》めのいい席に座ることができた。

デートとしては申し分ないシチュエーションだ。

メニューをテーブルの真ん中に置いて、ふたりで覗《のぞ》きこむ。

「悠凪《ゆうなぎ》くん、どうしたの？　急に静かになっちゃって」

「己《おのれ》の未熟さを嚙《か》み締《し》めているところです」

「なにそれ？」

「こういうオシャレなお店は場違《ばちが》いな気がして」

サービスエリアでの買い食いとは訳が違《ちが》う。

「そのうち慣れるわよ。君は、これからいくらでも行けるじゃない」

「その時はまた付き合ってくださいね」

「……あぁ、うん」

彼女の反応は控《ひか》え目《め》だった。

「もちろん正式には卒業後ですよ！」

俺は慌《あわ》てて補足する。あんまりはしゃぎ過ぎてしまうのもよくない。隣人協定《りんじんきょうてい》はしっかり守るという体裁《ていさい》を崩《くず》すつもりはない。

ただ、こうしてふたりで休日を過ごせることが、俺にとって特別だ。

「毎回海まで来《こ》れないからね」

そう言って、店員さんを呼んで注文をする。

料理が来るのを待つ間、俺は昨日の礼を直接伝えた。

「輝夜《かぐや》のことありがとうございました。先に旭《あきら》と黛《まゆずみ》さんと会っていたから途中《とちゅう》で連絡《れんらく》ができなくなったんですね」

「いきなり後ろから声をかけられて焦《あせ》ったよ」

「黛《まゆずみ》さんに質問攻《しつもんぜ》めにされませんでした？」

「されたされた。黛《まゆずみ》さんって元気よね。久宝院《くほういん》さんは逆に大人しかったかな」

「朝一じゃないから機嫌《きげん》が良かったんでしょう」

寝起《ねお》きの久宝院旭《くほういんあきら》の口と態度の悪さはなかなかだ。

それは担任である彼女もよく知っているから苦笑い。

「遠目にだけど、ふたりと合流して上手《うま》いこと話を合わせているんだから悠凪《ゆうなぎ》くんの話術も大したものね」

「レイさんも、よく輝夜《かぐや》が走っていくのがわかりましたね」

「みんなから離《はな》れたところでこっそり様子を見ていたからね。悠凪《ゆうなぎ》くんが、ふたりを引き留めてくれなかったらどうなっていたことやら」

我ながらナイスアシストだ。

「全員が鉢合《はちあ》わせしたら一発アウトですもね」

旭《あきら》や黛《まゆずみ》さんを俺たちの共犯者にはさせられないし、できないだろう。

「ヒヤヒヤしたなぁ。秘密を守るってつくづく大変だよね」

「輝夜《かぐや》も俺を家に戻《もど》すことなんて、さっさと諦《あきら》めてくれればいいのに。そうすれば遠海《とおみ》レイなんて偽名《ぎめい》を名乗らせることもなかった」

つい愚痴《ぐち》りたくなってしまう。

「それでも、輝夜《かぐや》ちゃんのことは嫌《きら》いになれないでしょう？」

俺の好きな人は見透《みす》かす。

「そりゃ可愛《かわい》い義妹《いもうと》ですから」

大切にしたいという気持ちは本物だ。

ただ、錦輝夜《にしきかぐや》はどこまでいっても俺の義妹《いもうと》だった。

恋《こい》をするなんてありえない。

「アタシも似たような立場だから、申し訳ないな……」

彼女はどこか自嘲《じちょう》気味《ぎみ》に漏《も》らす。

「――変な共感なんて今すぐ捨ててください。あなたと輝夜《かぐや》は立場が違《ちが》いますよ」

俺の叱《しか》るような言い方に、彼女はハッとなって顔を上げる。

「ごめん」

ちょっと弱気の虫が出たようで、表情を曇《くも》らせる。

あぁ、この人の心の内にある不安はやっぱり隠《かく》しているだけなんだと気づく。

「俺が守りますよ、なにがあっても」

決意は変わらない。

「高校生がなにを言っているのよ」

「やっぱりハッキリとプロポーズするくらいじゃないとダメか」

「き、急になにを言い出すの⁉」

レイさんは慌《あわ》てて、背もたれにのけぞる。

「あなたの望んでいる永遠の愛って特別なひとりを決めて、その人を生涯愛《しようがいあい》し抜《ぬ》く。他の人との絶対的な区別をつけて、決して揺《ゆ》るがない愛情を持ち続ける。違《ちが》いますか？」

「合っているけど……重くない？」

自分の求めているものを改めて言葉にされて、彼女は物凄《ものすご》く恐縮《きようしゆく》していた。

「俺なりにその重さはわかっているつもりです」

「気が早いってば」

「結論は変わらないでしょう？」

「物事には順序やタイミングがあるの」

「煩《わずら》わしいですね」

「だから結婚《けつこん》しない人も増えているんでしょう」

結婚《けつこん》というものに憧《あこが》れはないような反応だった。

「え、まさか俺との関係は遊びじゃないですよね⁉」

俺は大仰《おおぎよう》に動揺《どうよう》してみせる。

「違《ちが》う！　そんなわけない！」

「じゃあ、隣人協定《りんじんきようてい》の第六条を復唱！」

「え⁉　ここで？」

「いいから、はい！」

俺が煽《あお》るがままに、彼女は素直《すなお》に答えた。

「えっと。第六条、卒業までお互《たが》いに恋人《こいびと》はつくらない」

ぼそぼそとした自信のない言い方だった。

「聞こえませーん。もう一回！」

もちろん即《そく》やり直し。

大事なことは何度でも確認《かくにん》するべきだ。

「第六条、卒業までお互《たが》いに恋人《こいびと》はつくらないッ！」

俺にだけハッキリ聞こえるように答える。

「素晴《すば》らしい。ご褒美《ほうび》にハグしたくなります」

第六条を追加した時のように抱《だ》き合《あ》いたいものだ。

「めっちゃ満足そうな顔が腹立つなぁ。さっきまで大人しかったくせに」

思わず言わされてしまったことに頬《ほお》を赤くする。

「ふたりで決めたことです？　違《ちが》いますか？」

「うん」

レイさんは小さく頷《うなず》く。

「……こういうのって他の人から見ればイチャついているように映るんですかね？」

ふと自分たちを客観視してしまう。

「え？　それヤバいよ！　ふつうに話しているつもりなのに、学校でバレちゃう⁉」

あれでふつうのつもりなのか……ッ⁉

この人、恋愛《れんあい》スイッチが入ると浮《う》かれていることに気づいていないのか。

「最近はひとまず落ち着いているから大丈夫《だいじょうぶ》ですよ」

「ひとまずってどういう意味よ⁉　少し前までは危《あや》うかったの？」

「自覚なかったんですか……？」

俺は教室での具体例を挙げていく。

イチゴジャムの話とか、旭《あきら》のモーニングコールのことでプチ冷戦状態になった時には黛《まゆずみ》さんにテンションが低いと指摘《してき》されていただろうに。

「これまで以上にもっと気を引《ひ》き締《し》めないと」

自分自身に暗示をかけるみたいに決意を新たにしていた。

「ボロが出そうになるのも愛の証《あかし》と思えば」

「大人はそういうわけにはいかないの」

怜悧《れいり》な声で俺の戯言《たわごと》を一蹴《いっしゅう》する。

「ストイックですね」

「職業意識の問題よ」

「俺も将来レイさんが教師を辞《や》めることがあったとしても、家族で暮らしていけるくらい稼《かせ》げる大人になれたらな」

若さとは無限の可能性である。夢を見るのは自由だ。

俺は、俺の望《ほ》む未来が欲しい。

「ありがとう。だけど、君の経済力とアタシが働くのは別問題」

レイさんはしっかり自立しており、片方に依存《いぞん》するつもりはないようだ。

そのキッパリとした態度は頼《たの》もしかった。

「野暮《やぼ》なことを言いました」

「けど、その向上心は大切にしておきなさい。漫然《まんぜん》と努力しているだけより、モチベーションがある方が今後の結果も変わるだろうし。この先だと大学受験とか」

耳が痛いけど、しっかり覚えておこう。

「俺のモチベーションはあなたとの存在なので！」

「もうふざけないの」

「——本気ですよ」

俺の顔を見て、彼女は瞬《まばた》きを繰《く》り返《かえ》す。

「勢いとか、その場だけの口約束になんかさせません。俺は天条《てんじょう》レイユが望むなら、永遠の愛だろうとなんだろうと真に受けてしまうんです。断固たる決意をもって、ただひとりの女性を生涯《しょうがい》かけて誠実に愛する。だから、安心してください」

なんの力みもなく、俺はそんな言葉を素直《すなお》に言えた。

彼女は両手で口元を押さえて、真っ赤な顔を隠《かく》すのが精一杯《せいいっぱい》だった。

※※※

「美味《おい》しかったね。満足」

食事を終えてからもなんだかんだとおしゃべりを続けて、追加でデザートを注文して気づけばカフェだけで二時間ほど経《た》っていた。

太陽の位置は着いた時よりも低くなり、夕暮れの気配を漂《ただよ》わせる。

「日射《ひざ》しの強さが落ち着いて、過ごしやすくなりましたね」

「ねぇ、砂浜《すなはま》に出ようよ。眺《なが》めているだけじゃもったいないし」

日が傾《かたむ》いて、浜辺《はまべ》の人の数もずいぶんと減った。

俺たちは靴《くつ》を脱《ぬ》いで裾《すそ》をめくり、裸足《はだし》になる。

冷たい砂の感触《かんしょく》が足裏に心地《ここち》いい。

そのまま波打《なみう》ち際《ぎわ》まで近づいていく。

「ちょっと冷たいな」

「けど、我慢《がまん》できないほどじゃないですね」

そのままピチャピチャと浅瀬《あさせ》を歩きながら、打ち寄せる波と戯《たわむ》れる。

弱い波の時ではギリギリまで海の中へ入り、ざぁーっと強い波が来ると俺たちは大騒《おおさわ》ぎしながら急いで浜《はま》へ下がる。

そのうちどれだけ濡《ぬ》れずに済むかを競《きそ》うように、ちょっとしたチキンレースを繰《く》り返《かえ》す。

はしゃいでいるうちに足首どころかふくらはぎまで濡《ぬ》れる。

「ギリギリまで粘《ねば》って、先に膝上《ひざうえ》まで濡《ぬ》れた方が負けね」

提案してきたのは彼女の方だ。

「勝ったら、景品でも出ます？」

「負けた方は勝った方の命令をきく」

「エッチなお願いでも可能ですか？」

「常識の範囲《はんい》ッ！」

「俺の頭の中ではめくるめくピンク色な行為《こうい》も愛し合う者同士の常識に含《ふく》まれるのですが？」

「真顔で欲望を熱弁するな！」

「海の開放感って素晴《すば》らしいですね」

「この場で叶《かな》えられること限定！　勝負が決まるまでノンストップ！　よーいドン！」

そうとなれば負けるわけにはいかない。

俺もレイさんも大真面目に濡《ぬ》れるか濡《ぬ》れないかの瀬戸際《せとぎわ》を見極《みきわ》め、素早《すばや》く動く。

それを何度も往復するうちに下半身が疲《つか》れ、体力が削られていく。これ、反復横跳《はんぷくよこと》びとか、ちょっとしたシャトルランに匹敵《ひってき》する地味なしんどさだ。キツイ。

段々と脚《あし》の濡《ぬ》れる面積が増えていき、膝下《ひざした》までめくりあげたズボンの裾《すそ》が濡《ぬ》れてきた。

「疲《つか》れたでしょう？　もう楽になりなよ」

レイさんは汗《あせ》を浮《う》かべながら挑発《ちょうはつ》してくる。さすが水泳部顧問《こもん》、日々泳いでいるから体力もある。

「そっちこそ遠慮《えんりょ》なく力尽《ちからつ》きていいですから」

俺も負けじと粘《ねば》るが、膝《ひざ》が上がらなくなってきた。いや、年下が体力で負けてどうする。

「倒《たお》れたら全身ずぶ濡《ぬ》れになっちゃう、ぞッ！」

彼女はどうしてこんなはしゃいでいるのだろう。

「どうぞ先にギブアップしてください。濡《ぬ》れても俺が水着を買ってあげます、からッ！」

だが膝《ひざ》が笑い出し、すこんと力が抜《ぬ》けてバランスを崩《くず》しかける。

俺がなんとか持ちこたえた瞬間《しゅんかん》、レイさんに肩《かた》を押されて俺は砂浜《すなはま》に倒《たお》れた。

直後、無慈悲《むじひ》にも迫《せま》ってきた波の回避《かいひ》も間に合わない。

ざっぱーんと盛大《せいだい》に波をかぶり、びしょ濡《ぬ》れだ。パンツまで海水が染《し》みこんでいる。

「ズルッ！　妨害《ぼうがい》アリなんて聞いてないですよ！」

俺は塩辛《しおから》い顔を拭《ぬぐ》って抗議《こうぎ》する。

「勝負とは常に非情なの」

「大人って汚《きたな》いッ！」

「さぁて、どんな命令をしようかなぁ」

悪い笑《え》みを浮《う》かべる彼女に思わず海水をかける。

渾身《こんしん》の水飛沫《みずしぶき》が一撃《いちげき》で彼女の上半身までを濡《ぬ》らした。

「悠凪《ゆうなぎ》くん、それ反則！」

「先にルールを破ったのはそっちでしょう！」

そのまま泥仕合《どろじあい》ならぬ、海水の掛《か》け合《あ》いっことなり両者ともに全身濡《ぬ》れる羽目になった。


浜《はま》に上がって、持ってきたタオルで身体《からだ》を拭《ふ》きながらレジャーシートの上に倒《たお》れこむ。

「どうして、こんなことに」

「レイさんが面白《おもしろ》がって勝負を持ちかけるから」

「勝ったのに、アタシまで濡《ぬ》れなきゃいけないのよ！　うわ、ブラもぐっしょり」

軽く腕《うで》を上げて、わきの下からノースリーブの服の中をチェックする。

その仕草は妙《みょう》に色っぽく見えた。

「お互《たが》い風邪《かぜ》を引かないように気をつけないとですね」

「その時は君の看病を優先するよ」

「お隣同士《となりどうし》、対等でしょう」

「大人の責任ってものがあるの。ねぇ身体《からだ》冷やさないようにコーヒー買ってきてくれない？」

「わかりました。カフェラテとか希望あります？」

「今はブラックな気分。さあ敗者よ、命令だ。行ってこい‼」

「わかりました‼」

俺はひとっ走りして、先ほどのカフェでブラックコーヒーをテイクアウトする。

日中の鮮《あざ》やかな空の青さはかすれるように消えていき、帰宅を促《うなが》すようなオレンジ色に染まっていた。

もうすぐ陽が沈《しず》む。

そろそろ帰ることになるのだろう。

「帰りたくないな」

自然とそんな気持ちが湧《わ》き上《あ》がる。

明日も学校がなければ、このまま一泊《いっぱく》していきたい。今日という楽しい一日をまだ終わらせたくなかった。浜辺《はまべ》へ戻《もど》りながら名残惜《なごりお》しさが募《つの》る。

「…………」

海を見つめる彼女の後ろ姿はなぜだかさびしそうに見えた。

バスタオルを肩《かた》から被《かぶ》って身を縮めているだけなのに、なにかの終わりに耐《た》えているような印象を抱《いだ》かせる。

俺はふと、今日は一枚も写真を撮《と》っていないことに気づく。

その瞬間《しゅんかん》がすべて楽しすぎて、記録に残そうなんて考える暇《ひま》もなかった。

いや、違《ちが》う。

——大切だから無意識のうちに避《さ》けていたんだ。

もしも写真に残して、他の誰《だれ》かに見られたら俺たちの秘密を裏付ける証拠《しょうこ》になってしまう。

いつだって俺は自分より大切な人を優先する。

それでいいと思っていた。そのためなら自分のことは後回しで構わない。

「買ってきましたよ。熱いから気をつけて」

俺がそっと声をかけると、彼女は足先で砂の上に落書きをしていた。なかなかに絵心もある。

「ありがとう」

「足で器用に書きますね」

「ただの暇潰《ひまつぶ》し。これ飲んだら帰ろう」

ふたりでレジャーシートの上に座って、コーヒーを啜《すす》る。

コーヒーの熱がじんわりと染《し》み渡《わた》り、冷たくなった身体《からだ》がホッとする。

寄せては返す波をしばし眺《なが》めながら彼女は切り出した。

「最後にお話ししない」

「なにについてですか？」

「悠凪《ゆうなぎ》くんと、ご家族のこと」

「……それが今日の本題ですか？」

俺は彼女の真の目的にようやく気づいた。

「まぁね」

「ずるいですよ。ここだと逃《に》げ場《ば》がないじゃないですか」

「真面目な話だから」

「輝夜《かぐや》になんか頼《たの》まれました？　無視していいですよ」

「ううん。アタシが話したくて。アタシとのことを抜《ぬ》きにして、悠凪《ゆうなぎ》くんが家に帰りたくないのって輝夜《かぐや》ちゃんの態度だけじゃないと思うんだ」

「俺の方に問題があるって意味ですか？」

ムッとする。

「輝夜《かぐや》ちゃん、自分のせいであなたが家に居づらくなったことに責任を感じていたよ。だからあなたに許してほしくて部屋まで来たんだよ」

輝夜《かぐや》の気持ちが代弁される。

「許すってなんですか？　しかもレイさんの口から言わせるのは卑怯《ひきょう》ですよ」

「いつかは向き合うべきことだよ」

レイさんが冷静であればこそ、大きなお世話だと感じてしまう。

「この話題はやめません？　楽しい一日が最後に台無しですよ」

俺はコーヒーを呷《あお》ると、舌の上に広がる苦味が強くなった気がした。

「君が輝夜《かぐや》ちゃんを拒《こば》んでいるほんとうの理由はね、あの子の謝罪を聞きたくないんだよ」

見当違《けんとうちが》いだと否定しようとして、俺は言葉に詰《つ》まった。

聞き流すことも笑い飛ばすこともできない。

あれ、なんでだ？

自分でもわからない。

おかしい。謝ってもらえば、あとは仲直りすればいい。拒《こば》む理由がないはずだ。それなのに
俺は——認めたくなかった。

混乱して、上手《うま》く話せない。

「悠凪《ゆうなぎ》くんはいいお兄ちゃんなんだよ。優《やさ》しすぎて、可愛《かわい》い義妹《いもうと》さんから謝られてしまえば自分の気持ちを後回しにして許すしかなくなる。それが嫌《いや》なんだ」

「どうして？」

ひと際、大きな波の音が響《ひび》く。

「誰《だれ》よりも我慢《がまん》していた君は、心の中でずっと怒《おこ》っているんだよ」

「俺が、怒《おこ》っている？」

「君は大人っぽいけど、大人じゃない。家族のためにそういう役割を精一杯《せいいっぱい》演じていたんだ」

「――――」

あぁ、我慢《がまん》が美徳なんて誰《だれ》が言ったのだろう。都合のいい方便にも程《ほど》がある。

バカらしくて、乾《かわ》いた笑いが低く漏《も》れていた。

錦悠凪《にしきゆうなぎ》がずっと囚《とら》われていた心の痛み《ストレス》。

表に出すことのなかった怒《いか》り。

人はなぜ怒《おこ》るのか？

――傷つけられたからだ。

いつものように平気な顔をして、聞き流せばいい。

それなのに今だけはできなかった。

「あぁ、輝夜《かぐや》だけのせいじゃない。ずっと積み重なっていた。俺は、昔から怒《おこ》っていたんだ。なんで俺ばかり我慢《がまん》しなきゃいけないんだって、どうして親が勝手に離婚《りこん》するんだ。その次は知らない家族が増えて、そのワガママのせいで俺だけ家族から離《はな》れないといけないんだよ」

堰《せき》を切ったように言葉が溢《あふ》れてくる。

一度自覚してしまうと、押し殺していた怒《いか》りが驚《おどろ》くほど新鮮《しんせん》なままに噴《ふ》き出《だ》す。

固くフタをして、忘れたつもりになっていただけだ。

俺が感じていた心の苦痛は簡単には消えないし、軽くならないし、褪《あ》せもしないし風化することもしない。

傷つけられた方が年月が経《た》とうとも生傷として抱《かか》えたまま生きている。

あぁそうだ、認めよう。俺は家族のために我慢《がまん》していた。

幼い頃《ころ》はお母さんを支えたくて、再婚《さいこん》してからは義妹《いもうと》のことを優先した。家族の形を保つため、いつだって貧乏《びんぼう》くじを引き続けていたのは——他ならぬ俺だった。

いい子を演じて、家事を手伝い、勉強に励《はげ》んで、家族にとって負担にならないようにずっと我慢《がまん》してきた。

「なんで兄貴になんか恋《こい》をするんだよ、って俺は腹を立ててたんですね……」

「君は優《やさ》しいから、まだ幼かった輝夜《かぐや》ちゃんを想《おも》って家を出たんだ」

それが俺の知らない、俺の本音だ。

「自分でも折り合いのつかない怒《いか》りが爆発《ばくはつ》する前に逃《に》げただけですよ」

「逃《に》げ場《ば》のない家族だから言えないこともあるし、どんなに愛情があってもすべてを許せるわけでもない。当然だよ」

彼女はそっと俺の頭を撫《な》でてくれた。

思いっきり子ども扱《あつか》いするみたいに、頭をわしゃわしゃする。

その少しだけ荒《あら》っぽい感じが、俺には嬉《うれ》しかった。

「輝夜《かぐや》の気持ちにはどうあっても応えられないし、どうしようもなかったんですよ。はっきりと嫌《きら》いになれればいいのに、俺も中途半端《ちゅうとはんぱ》な兄貴です」

「過保護すぎたんだよ。そして輝夜《かぐや》ちゃんはブラコン。周りから見れば、やっぱりふたりは仲のいい兄妹《きょうだい》だよ」

「恥《は》ずかしいッ！」

いざ客観的に指摘《してき》されると、どうにも据わりが悪い。

「そういうのが思春期でしょう」

彼女はウインクする。

「確かに」

「怒《おこ》っていても、嫌《きら》いになれないなら、いつか許せるよ。それってただの兄妹喧嘩《きょうだいげんか》じゃない。そして、輝夜《かぐや》ちゃんはもうその準備ができている。君は？」

これでもう余計な心配をしなくていい。

もう惑《まど》わされず、やっとただの兄妹《きょうだい》になれる。ふつうの家族として接することができる。

「自分のことって自分が一番わからないものですね」

他人事《ひとごと》のように言えたのは、心の重荷が軽くなった証《あかし》だった。

「少しは楽になれた？」

「素晴《すば》らしいお隣《となり》さんのサポートがあったおかげで」

いつの間にか触《ふ》れ合《あ》った細い肩《かた》が俺を支えてくれていた。

この人が気づかせてくれなかったら、俺と輝夜《かぐや》の距離感《きょりかん》はずっと間違《まちが》えたままだったかもしれない。

「どんなに傷ついても、家族って帰れる場所はあった方がいい。自分の経験から言うけどさ、家族と仲直りできるならした方がいいんだよ。アタシは最後まで両親の在り方を許すことができなかったからさ。だけど、君はまだ間に合う。君を待っている家族がいるから」

彼女はさびしそうに夕暮れの海を眺《なが》める。

「できますかね？」

「保留のままだと余計にしんどいよ。思い切って白黒つけてきなさい」

「ダメだった時のことを考えたら恐《こわ》いですよ」

「何事でもそう。失敗は恐《こわ》い」

「先生でも？」

「恐《こわ》いことだらけ。でも、最近はちょっとだけ勇気を出すだけで、物事は変わるんだって実感している」

「おすそわけが人生の分岐点《ぶんきてん》になるなんて、ですね」

お隣《となり》さんは照れくさそうに笑う。

「もしもダメでも、アタシがひとりにさせないよ」

背中を押されてしまう。

「だから、君はもう家族のところに帰りなさい」

「え？」

意味がわからなかった。

「俺の聞《き》き間違《まちが》いですよね？」

「ううん。言った通りよ、錦悠凪《にしきゆうなぎ》くん。君はひとり暮らしを終わらせて実家に戻《もど》るの」

一方的な結論。

言葉が頭に上手《うま》く入ってこない。いや、理解を拒《こば》んでいるのだ。心が全力で受け入れるのを恐《おそ》れていた。

「どういう意味かわかっているんですか？」

ショックでコーヒーが手から落ちて、砂浜を黒く染めていく。

「もちろん」

「ジョークですよね？」

「本気よ」

天条《てんじょう》レイユは仮面のように表情を崩《くず》さない。

あらゆる対話を認めず、説得など無意味だということを態度で示していた。

これまでの楽しかった時間がすべて砂になって吹き飛《ふと》ばされていくような気分だ。

内臓に鉛《なまり》が詰《つ》めこまれたみたいな重たい不快感に満たされる。

五感が鈍《にぶ》くなり、現実が遠ざかっていく。

呼吸が浅くなって息苦しい。

「わざわざ、最後の思い出づくりのつもりで海まで連れてきたんですか？」

「………」

「黙《だま》ってないで、なにか言ってください」

「それが一番正しいの」

「納得《なっとく》できません」

「子どもには家族が必要よ」

「俺が一番欲しいのは、あなたとの将来です」

「叶《かな》わない夢だったのよ。アタシも冷静になった。お隣《となり》に自分の教え子がいるなんて、やっぱり落ち着かない。リスクしかないの」

あまりにもドライな声で説明する。

「その秘密を卒業まで守り通すための、隣人協定《りんじんきょうてい》でしょう！」

「まだ五月よ。君の卒業まで二年近くある。長すぎるよ……」

「すぐです！」

「大人の二年と子どもの二年は違《ちが》う」

「待ちきれなくて他に男でもつくるんですか？」

「君の貴重な時間を邪魔《じゃま》したくない」

「俺があなたと一緒《いっしょ》にいたんです」

錦悠凪《にしきゆうなぎ》の青春には天条《てんじょう》レイユが必要だ。

「無理よ」

「いきなり身を引くだなんて見当違《けんとうちが》いもいいところだ。そんなのは、なんの意味もない！」

「アタシがこれからも教師を続けられる」

「恋《こい》より仕事を選ぶんですか？」

「そう捉《とら》えてくれて構わないわ。これまで助けてくれてありがとう。だけどもう大丈夫《だいじょうぶ》。あなたは、家に帰りなさい。お隣同士《となりどうし》の暮らしはおしまい」

彼女は事務的な礼を述べた。

「どうして、そんな酷《ひど》いことが言えるんですか？」

「第四条、隣人協定《りんじんきょうてい》はどちらか一方の申し出で破棄《はき》ができる」

彼女はハッキリと言った。

「これを履行《りこう》させてもらうわ。隣人協定《りんじんきょうてい》はこれにて解消。今までありがとう」

潮騒《しおさい》が急に大きくなって聞こえた気がした。

だが、それは俺の勘違《かんちが》いだ。

打ち寄せる波はとても穏《おだ》やかで、風の音も聞こえない。

ごめんなさい、うるさくてよく聞こえませんでしたとしらばくれることもできない。

俺は頭の中で必死に今の言葉を取り消す方法を考える。

無理だった。

第四条を持ちだされたら俺は逆らいようがない。

天条《てんじょう》レイユは一度決めたことは曲げないタイプの人だ。

俺が情けないほどにごねたり、泣き落としをしたところで折れないだろう。

最初に隣人協定《りんじんきょうてい》の内容を定めた時は、お互《たが》いに不都合や不便が生じた時に気兼《きが》ねなく交流を絶てる安全装置のつもりだった。

だが、あの時から状況《じょうきょう》は進んだ。

今の関係になってからはその軽々しさが裏目に出てしまう。

彼女は海に誘《さそ》う前から、とっくに腹の底で覚悟《かくご》を決めていた。

俺にはその悲痛な決意を感じ取れてしまっていた。

「今度は、俺の代わりに先生が犠牲《ぎせい》になるんですか？」

「帰りましょう。もう日が暮れるわ」

話は打ち切られ、砂浜《すなはま》からクルマに戻《もど》る。
俺は最後にもう一度海を振《ふ》り返《かえ》った。
水平線の上で、じりじりと燃え残ったような陽光が完全に見えなくなる。
線香花火《せんこうはなび》が消えたみたいな切なさが胸を締《し》めつけた。
太陽が沈《しず》んでしまうと、波の音がより鮮明《せんめい》に響《ひび》く。
薄暗《うすぐら》い空、海風がやたらと肌寒《はだざむ》い。
昼間はあんなにも暖かかったのに、日が沈《しず》むとこんなにも変わってしまう。
まだ五月なのだ。夏じゃない。
今日一日の出来事が夢だったのか。俺が見た海は幻《まぼろし》だったのか。
すべてが闇《やみ》に沈《しず》んでいく。
夜が来た。

幕間《まくあい》四　それぞれの帰り道

海から帰りのクルマの中では、ほとんど会話がなかった。

ラジオの音が沈黙《ちんもく》を埋《う》めるように流れ続けていたが、アタシの耳には入ってこない。

ひたすら運転に集中しながらも、このまま東京のアパートにつかなければいいと思った。

彼が隣《となり》で過ごす時間が終わらずに済む。

そうすれば楽しい休日がずっと続く。

我ながら矛盾《むじゅん》している。

それは大人であるという建前で、アタシは本音を封《ふう》じていく。

隣《となり》の様子を盗《ぬす》み見《み》れば、彼はじっと窓の外を見ていた。

窓ガラスに映りこんだ顔にはまだ少年の気配を残す。

普段《ふだん》の大人っぽい振《ふ》る舞《ま》いや行動でつい忘れそうになるが、彼は十代の男の子だ。

そんな当たり前のことに目を瞑《つぶ》りたい自分がいた。

「ねぇ先生。このまま別の場所に行きません？」

対向車線の光を追いかけながら彼は呟《つぶや》く。

「行って、どうするの？」

「教師と生徒でなくなれば、なにかが変わるでしょう」

高速道路沿いのラブホテルが目に入る。

立場も年齢《ねんれい》も忘れて、ただの男と女になれば面倒《めんどう》な現実も忘れられるのか。

「君の人生の助けになりたい。どんな形であっても支えてあげたい。それだけは変わらない」

だけど隣《となり》にいる男性はアタシの気になる人であり、同時に生徒でもあった。

「じゃあ俺がもしも大人だったら、レイユさんは付き合ってくれますか？」

初めて、下の名前で呼んでくれた。

それだけで沈《しず》んだ心が浮《う》き上《あ》がるのを感じた。

「どうだろう。すぐに付き合える自信はないかな」

「今と変わりませんね」

「……けど、何回かゴハンに行ってアタシの愚痴《ぐち》とか弱音を聞いてもらううちに、好きになるかも」

もしも、は甘い夢だ。慰《なぐさ》めにもなれば、虚《むな》しさを再確認《さいかくにん》させる。

錦悠凪《にしきゆうなぎ》と天条《てんじょう》レイユは心ではきっと繋《つな》がっている。

それを阻害《そがい》しているのは、年齢《ねんれい》や立場という取るに足らないが重大な要素。

時が経《た》てば変わっていくもの。

だけどその将来が今のアタシには果てしなく遠い。

「ここまで親身になって生徒の悩《なや》みに寄《よ》り添《そ》うなんて、天条《てんじょう》さんはつくづく先生が天職ですね」

「最高の誉《ほ》め言葉だよ」

それきり会話は途《と》絶《だ》えた。

今だけは自分が教師であることを後悔《こうかい》した。


「悠凪《ゆうなぎ》くん、着いたよ」

「あ……すみません、俺寝《ね》ちゃってて」

「ぐっすりだったね」

クルマの心地《ここち》よい振動《しんどう》と疲《つか》れで彼は途中《とちゅう》から眠《ねむ》ってしまったようだ。

「ここは……」

辿《たど》り着《つ》いた場所は、アタシたちが暮らすアパートではなかった。

「なんで俺の実家の近くなんですか？」

「輝夜《かぐや》ちゃんから住所を教えてもらったの」

「いつの間に、そんな仲が良くなったんです？　いや、それはどうでもいいです。一度決めたら徹底的《てっていてき》ですね」

彼の態度は表面的にはいつも通りに戻《もど》っていた。

「ちゃんと話してきなさい。ウダウダと長引かせてもいいことないよ」

「荒療治《あらりょうじ》だな。厳しい」

悠凪《ゆうなぎ》くんは諦《あきら》めたようにシートベルトを外して、クルマから降りた。

「運転ありがとうございました」

リュックサックを背負って、彼は最後に運転席を覗《のぞ》きこむ。

「いってらっしゃい」

彼の後ろ姿が角に消えていくのを見届ける。

ひとりだけの静かな車内で、アタシは大きく息を吐《は》いた。

安全運転で帰るためにもなんとか気持ちを落ち着けようとする。

「……ダメだ、ダメだ。考えるな！」

アタシは自分を抑《おさ》えつけるように、感情に蓋《ふた》をするように唱えた。

「──君の先生だから恋人《こいびと》にはなれないよ」

だけど女として別れの悲しさに涙《なみだ》した。

彼が実家に帰れば、この隣人関係《りんじんかんけい》も終わる。

そのままただの生徒と教師に戻《もど》っていくだろうという予感に胸が張《は》り裂《さ》けそうだ。

長い人生を振《ふ》り返《かえ》った時、どれだけ自分の生まれた家族と一緒《いっしょ》に過ごすことができるのか。

そう思えばこそ子どもが親元で過ごせる期間はとても貴重だ。

まして悠凪《ゆうなぎ》くんの家族は彼の帰りを待っている。

彼にはまだ帰れる場所があるのだ。

今も愛してくれる家族がいる。

教師と生徒が壁《かべ》一枚隔《へだ》てただけで過ごすことの方が不自然なんだ。

アタシの想《おも》いだけを優先できない。その人生の一部をアタシの一存で奪《うば》えない。

「これでいい。これでいいの。だって、これが一番正しい」

ハンドルに顔を伏《ふ》せて、自分に言い聞かせる。

物理的な距離《きょり》が愛情を冷ますとは限らない。

だけど、アタシたちは隣同士《となりどうし》と知ったことで心の距離《きょり》を近づけた。

どれだけ救われたことだろう。

隣《となり》に彼がいてくれるだけで、アタシは孤独《こどく》のさびしさを感じずに済んだ。

頭ではダメとわかっていても、心までは騙《だま》せない。

アタシは、とっくに錦悠凪《にしきゆうなぎ》くんが好きだ。

年下で、教え子のお隣《となり》さんを男の人として見てしまう。

引《ひ》き裂《さ》かれた感情に耐《た》え切《き》れず、衝動的《しょうどうてき》に親友に電話してしまう。

アタシは今日のことをすべて話した。

『……休日返上で生徒の家庭問題を解決するなんて、いい教師してますね。お人好《ひとよ》し』

「休日返上なんて思えないから問題なの」

『今夜はヤケ酒に付き合いますよ』

「デートの約束があるんでしょう？」

『女性の急なリスケに腹を立てるメンズなんて、わたしの方からお断りです。……本気でしんどいんでしょう、レイユちゃん？』

「醜態《しゅうたい》を晒《さら》すに決まっている」

『長い付き合いなんですから今さら気にしないで』

「女の友情もいいものね」

『レイユちゃんだけは特別ですよ』

「ありがとう。だけど今日は疲《つか》れたし、明日も仕事だから」

こんな酷《ひど》い状態ですら明日のことを考えてしまうのだから社会人とは悲しい生き物だ。

その晩、彼がアパートに帰ることはなかった。

エピローグ　俺が一番帰りたい場所

俺は実家の鍵《かぎ》を開けるのを少し迷っていた。

鍵穴《かぎあな》の前まで持っていきながら柄《がら》にもなく緊張《きんちょう》してしまう。

見覚えのある建物は自分の家でありながら愛着や思い出がほとんどない。そんなものを抱《いだ》く前に出ていってしまった。

送り届けてもらった手前、ここで逃《に》げるわけにはいかない。

とはいえ、海で隣人協定《りんじんきょうてい》の解消を告げられて以来、俺の気分はどん底だ。

できれば今日一日を朝からやり直して、天条《てんじょう》さんから海に誘《さそ》われても頑《がん》として断る選択肢《せんたくし》をとりたい。このバッドエンドをなんとかなかったことにしたかった。

「無理な話だよな」

振《ふ》り返《かえ》っても、天条《てんじょう》さんの運転していたクルマはもういなくなっていた。

テンションが一向に上がる気がしない。かといってアパートに帰っても隣《となり》には当の天条《てんじょう》さん本人がいる。そんな状況《じょうきょう》でメソメソしてても余計に惨《みじ》めになるだけだ。

そうして二の足を踏《ふ》んでいるうちに扉《とびら》の方が先に開いた。

輝夜《かぐや》は緊張《きんちょう》気味《ぎみ》な顔で俺を出迎《でむか》える。

「悠《ゆう》くん、着いたね」

「よぉ。昨日ぶり」

もはや輝夜《かぐや》との喧嘩《けんか》さえ些細《ささい》なことのように思える境地だった。

「なんか酷《ひど》い顔しているけど」

「そっちも俺が今日帰ってくるのを事前に知っていたみたいだな」

「レイちゃんから聞いていたから」

「ぜんぶお膳立《ぜんだ》て済《ず》みか」

あの人には敵《かな》わないな。

「昨日は勝手に帰っちゃってごめん」

「俺も悪かったよ。そうだ、おまえに渡《わた》すものがある」

リュックの中にいれっぱなしになっていた洋服をプレゼントする。

「俺の友達がお詫《わ》びにって。もうひとつは俺から」

輝夜《かぐや》が行ってしまった後、旭《あきら》と黛《まゆずみ》さんが買ったものとは別に俺も輝夜《かぐや》が選ばなかった服をお詫《わ》びに買っていた。

「え、両方ある⁉」

袋《ふくろ》の中身を見て、輝夜《かぐや》は笑顔《えがお》を抑《おさ》えきれない。

「ふたりが謝っておいてくれって。許してくれるか？」

「許——、って今度ばかりは兄妹《きょうだい》に関わる重大な問題なの。物に釣《つ》られて、あっさり流したくない」と突《つ》き返《かえ》される。

いつになく真面目なことを言うから、俺も驚《おどろ》いてしまう。

「どうした？　昨日あの人にキツイ説教でもされたか？」

「相談には乗ってもらった。だから、わたしは悠《ゆう》くんの優《やさ》しさにもう甘えたくない」

「その発言には感動したが、プレゼントの洋服には罪がないだろう。受け取ってくれると助かるんだが？」

輝夜《かぐや》は渋々《しぶしぶ》とばかりというポーズで、もう一度受け取る。

「悠《ゆう》くん、帰ってきてくれてありがとう」

輝夜《かぐや》は真剣《しんけん》な表情で告げる。

「こっちも時間がかかって済まない」

「いいよ。悪かったのはわたしの方だし」

「俺は輝夜《かぐや》のことが好きだぞ」

「わたしも悠《ゆう》くんのこと好き」

「相思相愛だな」

「でも、家族としての好きでしょう」

「ああ」

輝夜《かぐや》は首を上に下にとゆっくり振《ふ》って唸《うな》った。

「うん、わたしの方も多分そうだと思う。悠《ゆう》くんと一緒《いっしょ》に過ごすのは楽しいけど、それは恋人《こいびと》みたいに付き合っていなくても楽しいって昨日のデートで十分わかった！　だから。もう安心していいよ」

「そうみたいだな」

人間というのは不思議なもので不満なことがあっても、他の感情が上回れば怒《いか》りの優先順位は下がってしまう。

それは怒《いか》りを我慢《がまん》するのとはまた違《ちが》った。

過去は変えられないけど、今の俺の中で整理ができた。

義妹《いもうと》の精神的な成長を実感できた喜びで、それなりに溜飲《りゅういん》が下がってしまったのだ。

わざわざ許すなんて大仰《おおぎょう》に構えずとも、それでいいと思えた。

「悠《ゆう》くん、やっぱりわたしには甘いよね」

「どうやら俺も若干《じゃっかん》シスコンっぽいようだな」

「なんか、そう言われると途端《とたん》に気持ち悪く感じる」

うわぁ、と表情を歪《ゆが》める義妹《いもうと》。

「口が悪いなぁ」

「嘘《うそ》がなくていいでしょう？」

天条《てんじょう》さんが俺の直球な態度に時々困っている理由がなんとなくわかった。

「程々《ほどほど》にしておけ」

「これが錦輝夜《にしきかぐや》なの。兄妹《きょうだい》として長い付き合いになるんだから潔《いさぎよ》く諦《あきら》めて」

「やっぱり帰ろうかな」

玄関先《げんかんさき》で回れ右。

「ダメ！　夕飯作って待っていたんだから！　ねぇ！」と慌《あわ》てて俺の服を掴《つか》む。

「メシ食べていいのか？」

「自分の家なんだから当然でしょう？」

「じゃあ、ありがたくいただきますかね」と俺は靴《くつ》を脱《ぬ》いだ。

「ねぇ悠《ゆう》くん、わたしと会って後悔《こうかい》していない？」

「まったく」

それだけは間違《まち》いない。

「輝夜《かぐや》こそ別に嫌《きら》いになってもいいんだぞ？」

「何度も言っているじゃん。わたしは悠《ゆう》くんに帰ってきてほしい。本物のお兄ちゃんとして」

俺が心配していた錦輝夜《にしきかぐや》はもういない。

「……意地を張るのも、照れるのもおしまいだな。俺もさすがに成長しないと」

「お兄ちゃんは昔から大人じゃない」

昔だったら否定しなかっただろう。

感情を殺して、理性的に振《ふ》る舞《ま》うことが大人だと勘違《かんちが》いしていた。

背伸《せの》びにすら気づかず、立派に見せようとした自分こそが本物だとうぬぼれていた。

だけど、天条《てんじょう》さんと一緒《いっしょ》に過ごすようになって俺も変わった。

あの人を思《おも》い描《えが》くだけで自然と笑《え》みがこぼれる。

「俺もまだ子どもだよ」

天条《てんじょう》レイユという女性に出会えたから、俺は素直《すなお》に認められるようになった。

「ねぇ、悠《ゆう》くんの好きな人ってもしかしなくてもレイちゃん？」

「あぁ」

あっさり答える。

「そっか。じゃあ、さすがに勝てないな」

「他の相手なら勝てるのかよ」

「余裕《よゆう》でしょう」

俺の義妹《いもうと》は自信満々だった。

「あーあー結果的にわたしが悠《ゆう》くんとレイちゃんの恋のキューピットになっちゃったわけか」

「よくもまぁ自分で縁結びなんて言えたな」

「レイちゃんにフラれた時は慰《なぐさ》めてあげるよ」

「じゃあ今頼《たの》む。優《やさ》しくしてくれ」

「えぇ!?」

俺の返答が予想外だったのか、輝夜《かぐや》は顔を赤くする。

「え、えっと、それはあくまでも兄妹《きょうだい》として、でしょう?」

なんでそんな動揺《どうよう》してんだよ、マイ・シスター。

「当たり前だ。ほら、お腹《なか》空《す》いたからリビングに行くぞ」

「ねぇ、悠《ゆう》くん」

「なんだ?」

「おかえり」

「――――、ただいま」

俺はほんとうの意味で、やっと家に帰ってきた。


両親も俺が家に顔を出したことを大変喜んでおり、久しぶりに四人で食事となった。

テーブルには俺の好物ばかり並んでいた。

まるで毎日ここで食事をしていたように、俺は拍子《ひょうし》抜《ぬ》けするほど違和感《いわかん》なくこの場に馴染《なじ》んでいた。他愛《たわい》のない会話を交《か》わし、食事は終始楽しく進んだ。

おかげで天条《てんじょう》さんのことに関して少しは気が紛《まぎ》れた。

食後、後片付けを義父と輝夜《かぐや》に任せて、母さんは俺を庭に連れ出す。

「どう、ひとり暮らしで困ったことはない？　お小遣《こづか》いは足りてる？」

「仕送りが増えたら無駄遣《むだづか》いしそうだから大丈夫《だいじょうぶ》。俺なりに楽しくやれているから」

「そう。別にいつでも家に帰ってきてもいいからね」

「今楽しいって言ったばかりなのに、連《つ》れ戻《もど》そうとするなよ」

秒で真逆のことを言われて俺は吹《ふ》き出《だ》す。

「ほら、あなたが出ていったのは輝夜《かぐや》のこともあったから……」

言い出しづらそうに切り出す。

「あなたが先に自分からひとり暮らしするって言ってくれたけど、結果的にあなたを家から距離《きょり》を置かせるようになったのは間違《まちが》いないから」

母さんは俺を追い出すような形になってしまったことに罪悪感を抱《いだ》いているようだ。

その申し訳なさを嫌《いや》というほど感じて、俺も段々と話しづらくなっていった。

先走った息子《むすこ》が悪いのか、引き止められなかった母親が悪いのか。

親子でも互《たが》いに本音を交《か》わせないまま、家で顔を合わせるのがぎこちなくなって母さんとは折り合いが悪くなった。

コミュニケーションとは難しいものだ。

「実の息子《むすこ》も大事だけど、まだ小さかった新しい娘《むすめ》が最優先だろう」

「そうやってあなたの優《やさ》しさに、また甘えたのよ」

「助け合うのが家族でしょう」

「いい子に育ったわね。自慢《じまん》の孝行息子《こうこうむすこ》だわ」

口先では誉《ほ》めながらも表情がともなっていない。

そう言うのが母さんの精一杯《せいいっぱい》だろう。

俺のひとり暮らしについては納得《なっとく》できていない。同時に理解もしている。

人間は万能《ばんのう》ではないし、現実では常に難しい問題が複雑に絡《から》み合《あ》っており、すべてを一挙に解決するのは困難だ。

「申し訳なく思ってくれるなら代わりに、ふたつお願いがあるんだ」

「なに？」

「輝夜《かぐや》とは仲直りできたよ」

「うん。それは今日のふたりの様子を見て、よくわかったわ」

「俺も気が楽になったよ………」

「悠凪《ゆうなぎ》？」

「母さん、俺はまだひとり暮らしを続けるよ。続けたいんだ」

「そう。あなたがそうしたいなら、好きになさい」

「いいの？」

「一度決めたら自分が納得するまでやめない子でしょう」

「それと、少し将来の話。いつか俺が驚《おどろ》くような決断をしても祝福してほしい」

「そんな予定があるの？」

「そこは俺のがんばり次第《しだい》かな」

「わかった。悠凪《ゆうなぎ》のどんなことも受け入れるわ」

「……えらくあっさりOKしたね」

「悠凪《ゆうなぎ》の存在に一番助けられてきたのは他ならぬお母さんだからね。あなたのことなら無条件に信じられるに決まっているわ」

「ありがとう」

「親は多少の迷惑《めいわく》かけられるくらいが嬉《うれ》しいのよ。そうやって成長した子どもと関わり合いがもてるから」

「母親の鑑《かがみ》だね」

「ただの愛情よ。……あなたは昔からお利口でしっかりしてたから、お母さんの悩《なや》みも一緒《いっしょ》に背負わせてしまって申し訳なくて」

「幸い親の愛情も感じていたので、息子《むすこ》はグレずに育ちました」

「えぇ、あなたは私の宝物だもの」

俺は面喰《めんく》らう。

「高校生の息子《むすこ》に、そんなこと言うか？」

「あなたに白髪《しらが》が生えても同じことを言うわよ」

うん、俺はどうあってもこの人の息子《むすこ》のようだ。

「……ところで、どんな決断？」

「先に聞いたら面白《おもしろ》くないでしょう？」

「気になるんだけど」

その程度では満足できないらしい。

いい機会だ。前振《まえふ》りくらいはあっても構わないだろう。

「母さん。俺、今好きな人がいる。本気なんだ。自分にとってかけがえのない大切な人だと想《おも》っている」

「ベタ惚《ぼ》れね。あなたにもそんな情熱的なところがあるなんて」

「その人が背中を押してくれたから、こうして家に帰れた」

「……悠凪《ゆうなぎ》と恋《こい》バナをするなんてねぇ」

母さんは感慨深《かんがいぶか》げに俺を眺《なが》めた。

「母親となんて照れくさくて話せないだろう」

「なんか嬉《うれ》しい。新鮮《しんせん》な感覚」

「これっきりだよ」

「あなたの恋愛相談《れんあいそうだん》ならいつでも大歓迎《だいかんげい》よ」

「いや、これっきりだから」

次があるとすれば、それは今の恋《こい》が破れた時だけだ。

「お相手はアパートのお隣《となり》さん？」

ズバリ言い当てられた。

「なんでわかるの？」

「母親だからよ。いつか機会があれば、そのお隣《となり》の方にもご挨拶《あいさつ》させてね」

母さんは深くは問わず、しかし興味津々《きょうみしんしん》という様子だった。

「……まぁ高校を卒業するタイミングになれば、もう大丈夫《だいじょうぶ》かな」

俺は淡《あわ》い期待をこめて、そう答えた。


今日はもう遅《おそ》いからと俺は実家に泊《と》まっていくことにした。

風呂《ふろ》を済ませて、家に置いてあった寝間着《ねまき》に袖《そで》を通すと少しだけ丈《たけ》が短くなっている。

自室は俺が泊《と》まるのを見越《みこ》していたらしく、部屋は綺麗《きれい》に掃除《そうじ》がされておりベッドメイキングも済ませてあった。

豪勢《ごうせい》な夕飯といい、俺が帰ってくるのが一大イベントみたいな扱《あつか》いである。

「至《いた》れり尽《つ》くせりだな」

アパートではすべて自分でやらなければならない。

こうして誰《だれ》かが身の回りを整えてくれるありがたみがよくわかる。実家って素晴《すば》らしい。

俺はベッドで横になって、色々あった長い一日だったと思い返す。

「……やっぱり自分の部屋と違《ちが》うな」

中学卒業まではここで毎日寝起《ねお》きしていたはずなのに、自分の空間という気がしない。

俺が生活の軸足《じくあし》を置いているのは天条《てんじょう》さんが隣《となり》にいるアパートだ。

ひとりになると己《おのれ》の惨《みじ》めさが押し寄せてくる。

「俺はフラれたのか？」

楽しかった海辺のデートから一転、地獄《じごく》に突《つ》き落《お》とされた。

夕暮れの海という絶好のロケーションで、最悪なことを打ち明けられた。

まるで恋人《こいびと》からフラれた絶望感。

ほとんど悪夢にも等しい残酷《ざんこく》な仕打ちで帰りの車中は死にそうだった。ろくに天条《てんじょう》さんの顔を見られないくらいしんどかった。そのうちに心身の疲《つか》れとクルマの振動《しんどう》でいつの間にか眠《ねむ》っていた。正直ずっと起きたままでは車内の重たい沈黙《ちんもく》に耐《た》え切《き》れなかっただろう。

あんな気まずい会話をした後でも同じクルマで帰るなんて俺にとっては拷問《ごうもん》だ。

「――ん？」

なにかが引っかかる。

「そもそも天条《てんじょう》さんとは付き合ってすらいないんだぞ。フラれたって表現が適切なのか」

気持ち的には完全にハートブレイクなんだけどさ。

こんな傷心で母親にあんな啖呵《たんか》を切ったのも半ば自分自身を鼓舞《こぶ》しているところもある。

「……隣人協定《りんじんきょうてい》ってお互《たが》いの生活を助け合うのはもちろん、恋人《こいびと》になるのを卒業まで我慢《がまん》するためのルールだよな。我慢《がまん》の解消って一体なんだ？　むしろ好きにしていいってことでは」

この期《ご》に及《およ》んで、諦《あきら》めの悪い俺はポジティブ・シンキングする。

ふたりの関係は振《ふ》り出《だ》しに戻《もど》った――のか？

いや、違《ちが》う。

「あの人はただ、隣人協定《りんじんきょうてい》の解消を申し出ただけだ」

これは事実だ。

おすそわけが来る前の、お互《たが》いに無関心で無干渉《むかんしょう》なただの隣人《りんじん》に戻《もど》った。

「だけど、なんで俺はフラれた気分になっていたんだ？」

冷静に振《ふ》り返《かえ》るとおかしい。

それは多分告げられた状況《じょうきょう》や、天条《てんじょう》さんから発せられる空気感でそう思わされただけだ。

「天条《てんじょう》さんは一言も俺を嫌《きら》いになった、とは言っていない」

なのに天条《てんじょう》レイユのあの重苦しい雰囲気《ふんいき》は一体なんだ？

ただでさえ美人は周りに対して影響力《えいきょうりょく》が強い。その上、普段《ふだん》から明るい人が真逆のどんよりとした異様に暗いオーラを発せられると否応《いやおう》なく巻きこまれてしまう。

アパートや学校で日常的に接して慣れていた俺でさえ、本気で沈《しず》んだ天条《てんじょう》レイユには初めて遭遇《そうぐう》した。

俺は急いで身体《からだ》を起こして、自分の顔を両手で叩《たた》いた。

「もっと早く気づけよ、錦悠凪《にしきゆうなぎ》！　クルマとか海とか、今日は朝からぜんぶ主導権を天条《てんじょう》さんが握《にぎ》っていただろう！　あっさり流されやがって！」

両頬《りょうほお》の痛みで、活を入れる。

天条《てんじょう》レイユの下手な芝居《しばい》にまんまと騙《だま》された。

昨日の今日でいきなり海に誘《さそ》うなんて変だと思ったんだ。

なのに休みの日に天条《てんじょう》さんとデートできることが嬉《うれ》しくて、俺は小さな違和感《いわかん》を見逃《みのが》した。

「永遠の愛を信じたがるようなロマンチストが自分の都合だけで、俺を見限るわけがないだろう。罪悪感とかバレバレだろうに、あぁもう！」

己《おのれ》の察しの悪さに腹が立つ。

俺の知っている天条《てんじょう》レイユは絶対にそんな安っぽい真似《まね》をしない。

あんな生真面目《きまじめ》な女性が俺を傷つけるとわかってまで強引《ごういん》に隣人協定《りんじんきょうてい》を解消した理由。

心当たりはひとつしかない。

「百パーセント輝夜《かぐや》のことだな。話を聞いて肩入《かたい》れしすぎて、ご丁寧《ていねい》に俺を実家まで送り届けたわけだ。家族仲が元通りになれば俺のひとり暮らしをする必要もなくなる。隣人《りんじん》でなくなれば、俺たちの関係も終わる、とまた早とちりして！」

天条《てんじょう》レイユの中では、そういう終わりが見えてしまったのだろう。

隣人同士《りんじんどうし》でなくなったら、この恋《こい》も保てなくなる。

だから先に終わらせた。

いじらしいにも程《ほど》がある。

自分だって悲しいくせに、顧《かえり》みずに他人の都合を優先するなんて。

「──だから放っておけないんですよ」

天条《てんじょう》さんは生徒のために一生懸命《いっしょうけんめい》すぎる。

そのせいで自分をすり減らしては元も子もない。俺がサポートしなかったら、あの人はまたなんの変哲《へんてつ》もないカレーライスで泣くようなQOL《生活の質》の下がった生活に逆戻《ぎゃくもど》りしてしまう。

狭《せま》いワンルームで、ひとりさびしく泣いている姿が目に浮《う》かんだ。

「俺がひとりにさせるわけないでしょう」

すべては俺の想像だ。

都合のいい解釈《かいしゃく》なのかもしれない。

だけど、天条《てんじょう》レイユの考えていることは不思議とわかる気がした。

※※※

翌日。俺は朝早くにアパートへ帰った。

家を出る時には家族総出で送り出されて、両親からは「次はいつ帰ってくるの？　次の家族旅行の相談もしたいんだけど」と暗に催促《さいそく》された。

「レイちゃんによろしく。ちゃんと兄妹《きょうだい》になれたってお礼を言っておいて」

「わかった」

「あと、悠《ゆう》くんのことも、レイお義姉《ねえ》ちゃんに任せたって」

輝夜《かぐや》からも伝言を託《たく》された。

通勤通学ラッシュで混む前に、地元駅に戻《もど》ってくる。

シャッターの閉まっている商店街を駆《か》け抜《ぬ》けながら、いつものように旭《あきら》にモーニングコールを入れる。

『もしかして今外？』

旭《あきら》は電話に出るなり、俺の状況《じょうきょう》を言い当てた。

「あぁ」

『なんで？　もう学校に行くの？』

「実家に帰ってたんだ。で、今着替《きが》えに戻《もど》っている」

『朝帰りだ』

「言い方」

『義妹《いもうと》さんには渡《わた》せた？』

「あぁ、おかげさまで。喜んでいたよ。それから謝っていた」

『お互《たが》い様《さま》よ』

「次に会う時は輝夜《かぐや》も穏《おだ》やかになっていると思うから、あんまり嫌《きら》わないでくれ」

『別に、私は錦《にしき》の義妹《いもうと》さん嫌《きら》いなわけじゃないし』

「そっか。まぁお手柔《てやわ》らかに」

『錦《にしき》、私がいつも怒《おこ》っていると思ってない？』

「違《ちが》うのか？」

『相手と状況《じょうきょう》は選んでいる』

「俺にももう少し優《やさ》しくしてくれてもいいんだけどな」

『どう考えても優《やさ》しいでしょう』

「そう……なのか？」

『疑問系になるな！』

声が急に鋭《するど》くなった。

「そうやって怒《おこ》るからだろう」

『錦《にしき》の方こそ、鈍《にぶ》すぎ』

「なににだよ？」

『そういうところよ！』

電話を切られた。


住宅地を早足で抜《ぬ》けて、俺はようやく自分のアパートに帰ってきた。

タイミングよく、天条《てんじょう》レイユが部屋から外に出てきた。

その顔つきは遠目にも元気がないのがわかった。

俺が近づいていることにも気づいていない。

「おはようございます、先生」

びっくりして固まる天条《てんじょう》さん。

「夢じゃないよね？」

昨日の今日でシレっと顔を合わせたから、天条《てんじょう》さんは露骨《ろこつ》にバツが悪そうだった。

気まずそうにして、こちらの顔をあまり見ようとしない。

「ちゃんと起きてます？　朝ごはん食べました？」

「ね、寝坊《ねぼう》してギリギリ」

「俺がいないとダメじゃないですか」

「失敬な！　そんなこと、ない」

虚勢《きよせい》なのはバレバレだった。やっぱり隣人協定《りんじんきようてい》を結ぶ前に逆戻《ぎやくもど》りされては困る。

「昨日はずいぶんと手のこんだことをしてくれましたね」

「輝夜《かぐや》ちゃんとは仲直りできた？」

「はい」

「……ご家族とは話せた？」

「おかげさまで一家団欒《いっかだんらん》できました」

「そう。よかった」

「先生のおかげです。ありがとうございました」

「教師として当然のことをしただけだから」

胸を張っても、どこかぎこちない。

「ごめん。電車の時間があるから、先に行くね」

天条《てんじよう》さんは一方的に話を切り上げ、振《ふ》り切《き》るように駅へ向かおうとする。

その愛しい背中を黙って見送ったりはしない。

「あと報告が。ひとり暮らしは続けますので、どうぞ今後とも末永くよろしくお願いします」


俺は昨夜行われた家族会議の結論をさらっと伝える。

忙《いそが》しい社会人の時間を無闇《むやみ》に奪《うば》ってはいけないので報告は手短に。

さぁ俺も部屋に帰って制服に着替《きが》えなければ。

「ちょい待ち！　今なんて言った？」

急いで引き返してくる。

「あれ、遅《おく》れちゃいますけど」

「いいから答えなさい！」

「だから、これからもひとり暮らしを続けるって」

天条《てんじょう》さんの剣幕《けんまく》に、気圧《けお》されながら答える。

「実家に戻《もど》って暮らさないの⁉」

え、そんな怒《おこ》るようなことした？

「そうなりますね。とりあえず卒業までは」

「ご家族はそれでいいの？」

「家に帰る頻度《ひんど》は前より増やしますけど。それ以外はこれまで通りです」

俺の答えに天条《てんじょう》さんは魂《たましい》が抜《ぬ》けたみたいに、後ろへよろめく。

「天条《てんじょう》さん、大丈夫《だいじょうぶ》ですか？　立《た》ち眩《くら》み？」

「アタシが昨日どれだけの覚悟《かくご》で海に行ったと……」

「俺が海へ行ったのは、遠海《とおみ》レイであって天条《てんじょう》レイユじゃありませんよ」

「あんなもの、君を連れ出す方便よ」

ハッキリ認めちゃった。

もはや演じる余裕《よゆう》もないのか、天条《てんじょう》さんの本音が駄々《だだ》洩《も》れだ。

しょげている姿も可愛《かわい》い。

「俺が帰るの、迷惑《めいわく》ですか？」

「そういうつもりじゃないけど……」

「なにか問題が？」

「君がひとり暮らしする理由はなくなった。それなのにあっさり受け入れたら、輝夜《かぐや》ちゃんに悪いよ」

「その輝夜《かぐや》から伝言です。『悠《ゆう》くんのことも、レイお義姉《ねえ》ちゃんに任せたって』」

「嘘ッ？」

「信じられないなら本人に確認《かくにん》してください」

その言葉が、天条《てんじょう》さんの葛藤《かっとう》を終わらせられたように見えた。

「俺はあなたに言われた通り、家族の元に帰ってきたでしょう」

俺は彼女の両肩《りょうかた》を摑《つか》んで、真正面から告げる。

「ふぇ？」

「俺にとってあなたと一緒《いっしょ》にいる時が一番リラックスできるんです。素の錦悠凪《にしきゆうなぎ》のままでいられます。自分に嘘《うそ》をつかなくていい。そんな相手は他にいないんです」

気を遣《つか》うことはあっても、気疲《きづか》れすることはない。

まだ立場や年齢《ねんれい》の違《ちが》いは意識させられるけど、それは長い人生から見れば些細《ささい》なことだ。

高校を卒業する頃《ころ》には気にならなくなるさ。

「うん？　つまり……」

「だから、俺にとって天条《てんじょう》レイユは家族以上に家族なんです」

「ひ、飛躍《ひやく》しすぎじゃない？」

「永遠の愛を信じてもらうって、そういうことじゃないんですか？」

「そういうことって」

今日に限って察しが悪いッ！

「だからその、最終的には結婚《けっこん》するって意味でしょう？　ほら、結婚式《けっこんしき》でよく永遠の愛を誓《ちか》いますかって……あれ、違《ちが》うんですか!?　俺また先走りました？」

永遠の愛を誓《ちか》うとはそのまま解釈《かいしやく》すれば、結婚《けっこん》するという意味になると思っていた。

さすがに朝っぱらからプロポーズめいた言葉を口にして俺も死ぬほど恥《は》ずかしい。

だけど今後、俺の気持ちを軽視した一方的な決断を控《ひか》えてもらうためにも、ここでビシッと言っておかなければならない。

「いや、違《ちが》わなくはないけど、急に言われると」

顔を真っ赤にして死ぬほど照れまくっていた。

「家族って生まれ育った関係だけじゃなくて他人同士が出会って、新しく作ることもできますよね？　俺はあなたと本物の家族になって暮らしたい」

ここまで来たら開き直って、徹底的《てっていてき》にダメ押しする。

曲解の余地なんてあたえない。

俺の気持ちは一度隣人協定《りんじんきょうてい》を解消されたくらいで冷めたりしない。

「えーっと、その、あーっと」

天条《てんじょう》レイユ、大パニック。

沸騰《ふっとう》したみたいに首まで赤くなって目をぐるぐるさせる。

「要するに、俺が一番帰りたい場所はあなたの隣《となり》です！　この先も錦悠凪《にしきゆうなぎ》は天条《てんじょう》レイユの一番近くで生きていきます」

もはや完全に固まって動かない。

俺もどうしていいかわからず、両肩《りょうかた》から手を放す。

「君は、それでいいの？」

「約束したじゃないですか。永遠の愛を信じてもらえるまで俺は諦《あきら》めませんから」

「……今ちょっとだけ信じてもいいと思えた」

「そうでなきゃ困ります」

喜びを分かち合いたいけど、仕事もある。

俺の好きな人は太陽のように眩《まぶ》しい笑顔《えがお》をようやく浮《う》かべた。

その顔を見て、ようやく帰ってきた気持ちになれた。

俺の居場所は彼女の隣《となり》だ。

そう確信する。

「おかえり、悠凪《ゆうなぎ》くん」

「ただいまです。天条《てんじょう》さん」

じわりと、目の端《はし》に光るものがあった。

「あれ、また泣いてま――」

俺が言い終える前に、彼女が抱《だ》きついてきた。

今度は偶然《ぐうぜん》の事故ではない。

間違《まちが》いなく彼女自身の意志で俺の腕《うで》の中に飛びこんできてくれた。

どぎまぎしながらも、そっと両手を彼女の背中に回す。

「誰《だれ》かに見られたらどうするんです？　近所の噂《うわさ》になるかも？」

「君が私服だからセーフよ。事情を知らない人から見れば恋人《こいびと》と別れを惜《お》しんでいるようにしか見えないでしょう」

「大胆《だいたん》」

「誰《だれ》のせいで、こんな真似《まね》をしちゃったと思っているのよ」

密着しながら囁《ささや》き合《あ》うのは、なんだか新鮮《しんせん》だ。

「ここだけの話していいですか」

「なに？」

「刺激《しげき》が強すぎて、この後まともに授業を受けられる自信がありません」

「集中して。アタシだって普段《ふだん》からがんばって平静を装《よそお》っているんだけど」

「そんな無理している感じには見えませんけど」

「大人はプライベートの問題を仕事中に持ちこまないの」

「その割には目元が腫《は》れぼったいですけど。昨夜はまた泣いたんですか？」

「またとか言うな！　泣いてないから！」

明らかに意地を張っている。

「じゃあ、どうして？」

「これはその、そう！　映画を見て流した感動の涙《なみだ》よ」

「凄《すご》いですね。往復の運転をしてくれた上に映画を見るなんて体力がありますね」

「泳いで鍛《きた》えているから」

水泳万能説《ばんのうせつ》すぎるだろう。

「俺が隣《となり》にいなくて、さびしかったりしました？」

興味本位に訊《き》いてみた。

「うん」

彼女はあっさり認めた。

「再度ご提案があるんですけど？」

「なに？」

「隣人協定《りんじんきょうてい》、再開しませんか？」

「えーどうしようかなぁ」

持ったいぶってみせるが顔は笑っていた。

「今すぐ結ばないと大変なことになりますけど？」

「たとえば？」

「ケダモノのような自制心のない隣人《りんじん》が勝手に食事を作って、日々の世話を焼いて、あわよくばエロイ関係を狙《ねら》ったり」

「それ、ふつうに犯罪だし、ある意味いつも通り」

「いいんですか？　万が一天条《てんじょう》レイユより魅力的《みりょくてき》な女性が現れたら、その女性が出入りするようになっちゃうかもしれないですけど？」

「それは腹立つ。浮気《うわき》は極刑《きょっけい》だから」

真顔でキレていた。

「冗談《じょうだん》です。それで、どうします？」

お互《たが》いの顔を見合わせる。

答えは聞くまでもない。

錦悠凪《にしきゆうなぎ》と天条《てんじょう》レイユの秘密の隣人関係《りんじんかんけい》はこれからも続いていく。

了

あとがき

はじめまして、またはお久しぶりです。羽場楽人《はばらくと》です。

『君の先生でもヒロインになれますか？』二巻をお読みいただきありがとうございます。

お隣《となり》の先生との青春ラブコメ、義理の妹・輝夜《かぐや》が登場！

みんな大好き義妹《ぎまい》ヒロイン、だけどリアルに家族以上の好意を持たれたら非常に困るよね。

そんな素朴《そぼく》な疑問から、二巻は書かれました。

大人びていても、まだまだ子どもで危《あや》うい輝夜《かぐや》。

自分の恋心《こいごころ》よりも大人としての立場を選んだレイユ。

ようやく自分の怒《いか》りに気づいて、逆に素直《すなお》になれた悠凪《ゆうなぎ》。

三者三様の禁じられた恋《こい》を演じて、それぞれが本当に大切にしたいものに改めて気づくことができた物語になりました。

一巻では美人だけどポンコツで可愛《かわい》い印象がかなり強かったレイユですが、二巻では優秀《ゆうしゅう》な教師としての理性的な一面と、それゆえ立場と本心の切ないギャップが描《えが》けて良かったです。

これぞ年上ヒロインの魅力《みりょく》。美人が気後《きおく》れしているのが可愛《かわい》くて好きです。

大丈夫《だいじょうぶ》、青春はいつか終わっても人生は続いていく。

どうか彼らの隣人協定《りんじんきょうてい》が幸せな形で解消されることを作者としても祈《いの》るばかりです。

三巻もあればぜひ書きたいので、引き続き応援《おうえん》よろしくお願いします。


ここからは謝辞を。

担当編集の阿南《あなん》編集長、駒野《こまの》様、今回もありがとうございました。引き続きよろしくお願いします。

イラストの塩こうじ様。私の欲《ほ》しいイメージ以上のイラストをいつも描《えが》いていただき、本当に頼《たよ》りになります。瑞々《みずみず》しい彩《いろど》りが最高です。ありがとうございます。

本作の出版にお力添《ちからぞ》えいただいた関係者様にも御礼申《おんれいもう》し上《あ》げます。

妻と娘《むすめ》、支えてくれる家族には最大級の感謝を。

かけがえのない友人たち、いつも助けてくれてありがとう。

最新情報につきましては羽場《はば》のX（旧ツイッター　@habarakuto）でも随時《ずいじ》お知らせしていきます。ぜひフォローしていただけると嬉《うれ》しいです。

それでは羽場楽人《はばらくと》でした。またお会いしましょう。

BGM：岡村靖幸《おかむらやすゆき》『彼氏《かれし》になって優《やさ》しくなって』

◉羽場楽人著作リスト

「わたしの魔術コンサルタント」(電撃文庫)
「わたしの魔術コンサルタント② 虹のはじまり」(同)
「スカルアトラス　楽園を継ぐ者〈1〉」(同)
「スカルアトラス　楽園を継ぐ者〈2〉」(同)
「わたし以外とのラブコメは許さないんだからね①～⑥」(同)
「君の先生でもヒロインになれますか?」(同)
「君の先生でもヒロインになれますか?2」(同)

本書に対するご意見、ご感想をお寄せください。

ファンレターあて先
〒 102-8177　東京都千代田区富士見 2-13-3
電撃文庫編集部
「羽場楽人先生」係
「塩こうじ先生」係

本書は書き下ろしです。

電撃文庫

君《きみ》の先生《せんせい》でもヒロインになれますか？２

羽場楽人《はばらくと》

2024年３月10日　初版発行

発行者　山下直久
発行　株式会社KADOKAWA
〒102-8177　東京都千代田区富士見2-13-3
0570-002-301（ナビダイヤル）
装丁者　荻窪裕司（META＋MANIERA）
印刷　株式会社暁印刷
製本　株式会社暁印刷

ISBN978-4-04-915605-8　C0193　Printed in Japan

電撃文庫　https://dengekibunko.jp/

電撃文庫DIGEST　3月の新刊

発売日2024年3月8日

第30回電撃小説大賞《金賞》受賞作

新作

蒼剣の歪み絶ち

著／那西崇那　イラスト／NOCO

この世界の《歪み》を内包した超常の物体・歪理物。願いの代償に人を破滅させる《魔剣》に「生きたい」と願った少年・伽羅森迅は、自分のせいで存在を書き換えられた少女を救うため過酷な戦いに身を投じる！

リコリス・リコイル
Recovery days

著／アサウラ　原案・監修／Spider Lily
イラスト／いみぎむる

千束やたきなをはじめとした人気キャラクターが織りなす、喫茶リコリスのありふれた非日常を原案者自らがノベライズ！　TVアニメでは描かれていないファン待望のスピンオフ小説をどうぞ召し上がれ！

アクセル・ワールド27
-第四の加速-

著／川原 礫　イラスト／HIMA

加速世界《ブレイン・バースト2039》の戦場に現れた戦士たち。それは第四の加速世界《ドレッド・ドライブ2047》による侵略の始まりだった。侵略者たちの先鋒・ユーロキオンに、シルバー・クロウが挑む！

Fate/strange Fake⑨

著／成田良悟　原作／TYPE-MOON
イラスト／森井しづき

女神イシュタルを討ち、聖杯戦争は佳境へ。宿敵アルケイデスに立ち向かうヒッポリュテ。ティアを食い止めるエルメロイ教室の生徒たち。バズディロットと警官隊の死闘。その時、アヤカは自らの記憶を思い出し――。

幼なじみが絶対に負けないラブコメ12

著／二丸修一　イラスト／しぐれうい

群青同盟の卒業イベントとなるショートムービー制作がスタート！　その内容は哲彦の過去と絶望の物語だった。俺たちは哲彦の真意を探りつつ、これまでの集大成となる映像制作に邁進する。そして運命の日が訪れ……。

豚のレバーは加熱しろ（n回目）

著／逆井卓馬　イラスト／遠坂あさぎ

この世界に、メステリアに、そしてジェスと豚にいったい何が起こったのか――。“あれ”から一年後の日本と、四年後のメステリアを描く最終巻。世界がどんなに変わっていっても、豚と美少女は歩み続ける。

わたし、二番目の彼女でいいから。7

著／西 条陽　イラスト／Re岳

早坂さん、橘さん、宮前を“二番目”として付き合い始めた桐島。そんなある日、遠野は桐島の昔の恋人の正体に気づいてしまい……。静かな破綻を予感しながら。誰もが見て見ぬふりをして。物語はクリスマスを迎える。

君の先生でもヒロインになれますか?2

著／羽場楽人　イラスト／塩こうじ

担任教師・天条レイユとお隣さん同士で過ごす秘密の青春デイズ――そこに現れたブラコンな義妹の輝夜。先生との関係を疑われるし実家に戻れとせがんでくる。恋も家族も諦められない!?　先生とのラブコメ第二弾！

青春2周目の俺がやり直す、ぼっちな彼女との陽キャな夏2

著／五十嵐雄策　イラスト／はねこと

『あの夏』の事件を乗り越え、ついに安芸宮と心を通わせた俺。ところが、現代に戻った俺を待っていた相手はまさかの……!?　混乱する俺が再びタイムリープした先は、安芸宮が消えた二周目の高校一年生で――。

飯楽園-メシトピア- Ⅱ
憂食ガバメント

著／和ヶ原聡司　イラスト／とうち

メシトピア計画の真実を知り厚労省の手中に落ちた少女・矢坂弥登。もう、見捨てない――夢も家族も、愛する人も。そう全てを失った少年・新島は再び“社会”に立ち向かうことを決意する。

新作

少女星間漂流記

著／東崎惟子　イラスト／ソノフワン

馬車型の宇宙船が銀河を駆ける。乗っているのは科学者・リドリーと、相棒のワタリ。環境汚染で住めなくなった地球に代わる安住の星を探す二人だが、訪れる星はどれも風変わりで……二人は今日も宇宙を旅している。

新作

あんたで日常《せかい》を彩りたい

著／駿馬 京　イラスト／みれあ

入学式前に失踪した奔放な姉の代わりに芸術系女子高に入学した夜風。目標は、姉の代わりに「つつがなく卒業」を迎える事。だが、屋上でクラスメイトの橘棗と出会ってしまい、ぼくの平穏だった女子高生活が――!?

新作

プラントピア

著／九岡 望　イラスト／LAM
原作／Plantopia partners

植物がすべてを呑み込んだ世界。そこでは「花人」と呼ばれる存在が独自のコミュニティを築いていた。そんな世界で目を覚ました少女・ハルは、この世界で唯一の人間として、花人たちと交流を深めていくのだが……。